KB177886

죽은 올빼미 농장

죽은 올빼미 농장

백민석

작가
정신

개정판 작가의 말

『죽은 올빼미 농장』은 내가 소설가를 그만두기 바로 전에 나온 책이다. 소설가로 복귀하지 않았다면 이 책이 내 마지막 책이 되었을 것이다. 쓸 당시에 난 여러모로 안 좋은 상황에 놓여 있었다. 그래서 어떤 의미에서는 내가 뭘 쓰려고 하는지도 잘 모르는 상태에서 이 책을 썼고 책을 냈고, 결국엔 마음의 빚으로 남았다.

그러다 올해 작가정신에서 개정판을 내는 기회에 미진했던 부분들을 조금씩 고쳤다. 완전히 뜯어고친다면야 좋겠지만, 그렇게 한다면 그건 『죽은 올빼미 농장』이 아니겠기에 전체를 다시 쓰지는 못했다. 마음의 빚을 조금 갚는다는 생각으로, 눈에 거슬리는 부분들을 잘라내는 식으로 고쳤다.

　다시 한 번 기회를 준 작가정신 출판사에 고마움을
전한다.

2017년 5월

백민석

여덟 번째로 내는 소설책이다. 등단 구 년에 여덟 권
이면 게을렀던 건 아니다. 그렇다고 부지런했던 것도 아
니지. 운이 좋아 쓰는 것마다 출판이 되어 나왔다. 첫 책
을 냈던 게 엊그제 같은데.

가수가 나오고 노래가 나오긴 하지만 대중음악에 대
한 소설은 아니다. 본문 어딘가에 쓴 것처럼, 나도 이제
뽕짝이 좋아질 나이에 점점 가까워지고 있다. 정말 그리
된다면 어쩌지? 그리 되기 전에, 어떤 감각을 잃어버리
기 전에, 대중음악 소설을 하나 써내야겠다는 생각을 줄
곧 했다.

아파트에서 태어나 유년을 보낸 아이들을 두고 내가
한 주장은 확신이 실린 것이 아니다. 아마도 소설 내적 원

리에 충실한 발언이었을 것이다. 그 주장들은 틀렸거나, 아니면 옳다 하더라도 중요하지 않은 것일 수도 있다.

하지만 할 만한 이야기라고 생각한다. 내가 아파트 생활을 시작한 건 고1 때였다. 그전까진 '정리되지 않은' 자연에 아주 가깝게 살았다. 그 시절이 내게 어떤 영향을 미쳤는지, 혹은 미치기나 했는지 그건 모르겠다. 그런 곳이 이제 서울에 몇이나 남아 있을지.

오랫동안 참을성 있게 작품을 기다려준 작가정신 출판사에 깊이 감사드린다.

2003년 9월
백민석

차례

죽은 올빼미 농장

농장에 놀러 가자고 했을 때 인형은 좋아라하지도 않았고 그렇다고 시큰둥해하지도 않았다. 그래서 나는 그녀를 앉혀놓고 농장이란 돼지나 소, 과수나 채소 따위를 키우는 곳이고, 우리가 알지 못하는 어떤 아름다운 화초를 키우는 곳일 수도 있다고 말해주었다. 그녀는 농장에 놀러 간다, 에서 아무 흥도 느끼지 못하는 듯했다. 농장, 하면 떠오르는 것이 없어? 하고 물었을 때도 그런가 하는 표정이었다. 떠오르는 게 없긴 나도 그랬다. 농장에 가본 적이 없나. 언젠가 가보았을 수도 있지만 그게 농장인지도 모르고 머물다 왔거나 스쳐 지나왔을 것이다. 정색을 하고 기억을 되짚어보니 시커

먼 우사에 젖소가 댓 마리 들어앉아 있는 광경이 떠올랐다. 최근의 것이다. 하지만 그게 농장인가? 농장이었나? 알 수가 없다.

　나는 서울에서 태어났고 농장이 있음 직한 지방엔 살아본 적이 없었다. 친척이 있는 것도 아니었다. 묵어본 시골집이라곤 민박집들밖엔 없었다. 고등학생 때 가출해서도 나는 강원도 평창의 모텔에 묵었다. 농가에서 키우는 황소를 본 횟수보다는 동물원에서 물소를 본 횟수가 더 많을 것이다. 흙? 그런 건 군대 훈련소에서 뒹굴 때 말곤 알몸에 묻혀본 기억이 없다. 차를 타고 가다가도 두엄의 썩은 내가 쏟아져 들면 차창을 얼른 올린다. 인형도 나와 크게 다르지 않을 것이다. 그래서 우리는 살짝 들떠 있었다. 해외로 나가는 것도 아니고 강원도 시골 마을에 가서 그저 선바람이나 쐬고 오는 것일 텐데도 말이다.

　들떠 있긴 했지만 그럼에도 우리는, 우리가 가고자 하는 그 농장이 어떤 곳인지 어떤 농장인지 알고 있지 못했다. 농장이라곤 했지만 그 외 또 무엇을 설명해줄 수 있을지 나도 몰랐다. 나 자신에게나 인형에게나. 내 손에 쥐어져 있는 거라곤 주소가 적힌 편지 두 통이 다였다. 다른 정보는? 서울 촌놈답게 나는, 봉투에서 짓물러진 풀냄새나 오래 삭은 똥냄새가 나면 대충 정체를 알 수 있을 거라고 생각하기도 했다. 물론, 아무리 킁킁 코를 대어보아도 나는 거라곤 종이 냄새뿐이었다.

나는 배낭에 짐을 쌌다. 가는 곳이 어떤 곳인지 정확히 모르니 짐은 어떻게 싸야 할까? 계획은 간단한 일정의 휴가 여행이었다. 차를 타고, 어딘가에 내려서, 어디를 가서, 얼마쯤 있다가, 돌아온다. 이는 우리가 수시로 하던 일이고 그래서 익숙한 일이었다. 여행 지도를 펴놓고 손가락으로 찌르며 때론 즉흥적으로 여행지를 고르기도 했다. 이번도 그와 같은가. 나는 황혼이 질 때까지 인형을 무릎에 앉혀놓고 베란다 접의자에 앉아 있었다. 이럴 땐 자장가를 불러주곤 했지. 그랬어. 그게 언제였지. 우리가 아직 채 열 살이 되기 전에. 그때는 모든 게 황혼처럼 예뻤나? 아니. 그렇다고 믿고 싶을 뿐이지. 내 기억엔 거의 모든 게 저 황혼처럼 핏빛이었어. 그랬어? 그랬어. 이젠 자장가 노랫말도 기억 못 하잖아. 불러봐. 못 하지?

나는 중간 구절 어디쯤을 흥얼거리다가 이내 입을 다물었다. 누가 듣고 있는 것도 아닌데 귀밑이 빨개졌다. 땅거미가 저 아래 중학교 운동장을 먹어치우고 있었다. 근린공원에 나와 있던 사람들 수도 줄어들고 있었다. 저녁을 먹으러 갔거나 날이 아직 차기 때문일 것이다. 인형의 반질거리는 뺨에 비치던 황혼빛도 이제 어둡게 가라앉고 없었다. 그녀는 베란다 창을 열어젖히고는 밖으로 몸을 내밀었다. 바람에 뭔가 섞여 있어. 뭐가? 글쎄, 어떤 차에서 기름이 새나 봐. 아니면 어디서 잔디를 태우고 있거나. 춥다. 나는 그녀의 어깨를 잡아 끌어내렸다.

나는 저녁을 먹곤 방으로 돌아와 편지들을 다시 읽었다. 여행 때 입고 갈 등산용 민소매 재킷 주머니에 넣어두었던 편지들이었다. 한 통은 삼 년 전에, 한 통은 한 달 전에 온 것이었다. 며칠 전 편지를 보여주었을 때, 인형은 흥미롭다는 표정을 지었다. 연필로, 편지지에 꼭꼭 눌러쓴 사신을 참 오랜만에 본다고 했다. 중딩 고딩 때나 이러지 않나? 대딩 때도 그랬지. 아무튼 요새는 안 이래. 요즘은 대개의 사신은 이메일로 주고받는다. 우편함에 들어 있는 건 거의 고지서와 상품 카탈로그 들이다. 그녀는 편지의 내용은 젖혀두고 손으로 쓴 편지가 요즘도 돌아다니고 있다는 사실에 더 흥미를 보였다. 어머, 필체 좀 봐. 귀엽잖아. 이 부근에서 연필 끝이 부러졌어. 하마터면 편지지가 찢어질 뻔했지. 문장을 봐, 호흡이 약간 끊어지지 않았어? 연필을 다시 깎느라 호흡을 놓쳤든가, 아니면 신경이 거슬렸던 거야. 그녀는 내용은 진지하게 받아들이지 않았다.

근데 이걸 왜 보여주는 거야?

인형은 그렇게 말했다. 나는 그게 실은 내게 온 것이 아니라고 했다. 나는 꼭 무언갈 훔친 기분이 되어 난감했다. 그 편지는 내 게 아니야. 그런데 왜 가지고 있어? 나는 편지 봉투를 내밀었다. 여기 주소네. 여기 주소야. 그런데 네 게 아니란 거지. 내 게 아니야. 그럼 왜 네가 갖고 있어? 벌써 뜯어서 읽어버렸고, 또 어떻게 해야 할지 당황했거든. 그래서 어떻게 해야 하나 그러다 갖고 있게 됐다. 나는 이런 경우 반송함에 넣어야 한다는 것을 알고 있었다. 반송함은 멀지도 않았다. 반송함은 우편함에서 한 팔 길이에 달려 있었다.

그건 그렇고 이 편지는 왜 또 갖고 있어?

두 번째 편지 역시 첫 번째 것과 같았다. 나는 내 우편물인 줄 알고 뜯었고 무심코 읽어버렸으며, 그러다

실수했다는 것을 깨달았다. 첫 번째 편지와 좀 다른 것은, 그것을 읽다가 이미 그와 같은 전례가 있었다는 사실을 기억해내곤 소스라쳤다는 사실이었다. 삼 년 전에. 나는 과자통을 뒤져 첫 번째 편지를 찾아냈고, 두 번째 편지가 그것과 똑같은 주소지에서 발송된 것임을 알았다.

인형은 그러한 나를 이해하지 못했다. 그녀는 그런 실수는 용납할 수 없다는 식으로 나를 쳐다봤다. 너라면? 나라면? 물론 다시 깨끗하게 겉봉을 붙여서 반송함에 넣지. 아니면 우체국에 가서 직접 부치든가. 그렇지만 내가 아는 그녀는 그렇게까지 할 위인이 아니었다. 차라리 실수를 안 하면 안 했지. 그녀는 편지에 대해 별 관심이 없었다. 내가 다시 편지 얘기를 꺼내자 그녀는 무슨 얘긴가 했고, 그래서 나는 처음부터 다시 설명해주어야 했다. 물론 농장이 어떤 곳인가, 거기서 우리가 기대할 수 있는 것은 또 무엇인가도.

삼 년 전에 온 편지는 '형아에게' 하고 시작되고 있었다.

형 안녕 잘 있었어.

형 나는 엄마하고 살고 있는 거 알지 형 근데 형은 왜 엄마를 싫어하응 나는 형이 엄마를 왜 싫어하는지 몰라 형 우리 엄마는 형과 나는 버리지 않았데 형 엄마가 그러는데 그뗀 어쩔 수 없이 엄마가 이혼을 한 거래 형 나는 형아 보고 싶어 왜 엄마가 있으면 왜 않 웃으는 거야 형 재발 형이 엄마를 오해하지 마 응 사실 우리가 엄마한테 이용당하는 건지 아닌지 나나 형이나 모르잔아 그치 응 하지만 나는 형과 엄마를 믿어 그러니까 제발 엄마를 용서를 해줘 응 나는 좋아 하지만 왜 형은 나를 싫어해 응 또 이외에 또 이 말에 할말은 만지만 더 못하겠고 내가 형한태 할 말만 할깨 형 나는 형이 나랑 같이 옛날처럼 사이 좋게 살고 싶어 형 나는 그리고 형이 엄마를 용서하길 바래 형 형도 옛날에 형과 나 사이에서 일어나는 조그만 잘못과 형제지간에 우정을 형은 몰라 응 나는 형이 몇 년 사이에 형이 그렇게 많이 성격과 생각이 바뀌었어 하지만 옛날 일들에 모습을 생각하면 형은 나와 형 사이가 그립지도 않아 어 나는 형이 마음마저 변하지 않을 거라 믿을깨 그리고 부디 잘 생각해봐 빈둥빈둥 놀지 말고 형 나는 엄마하고 살면서도 집을 나가고 본드 또는 담배 술을 마셔서 지금 병을 고치려 농장에 있어 농장 이름은 죽은 올빼미 농장이야 내가 붙였어 그냥 올빼미 농장이라고 해 그냥 농장이라고 해 병이 다 나으면 다시 형 만나러 갈깨 그리고 형 충고 고마웠어 형 그리고 다음에 또 편지 보낼깨 형 답장 보내줘 형 부디 잘 있기를 바래 형 그러면 안녕

그리고 '오세형 올림'이라고 끝맺고 있었다. 내가 부주의하지만 않았다면, 겉봉투를 뜯기 전에 내가 아닌 다른 사람의 이름이 적혀 있는 것을 알아봤을 것이었다. 겉봉엔 '오세훈'이라고 적혀 있었다. 받는 주소는 내 주소였다. 그래서 나는 여기 전에 살던 사람인가 하고 부동산 계약서를 찾아보기도 했다. 아니었다. 그럼 얘가 주소를 잘못 쓴 거군, 하고 나는 그때 생각했었다. 그러고 나선 편지들을 모아둔 과자통에 넣어두었다. 워낙 오래전부터 편지들을 모아왔던 탓에 뚜껑을 열면 누렇게 삭은 편지들이 스프링 장치를 해둔 것처럼 튀어 올랐다. 그 뒤론 잊고 있었다.

두 번째 편지는 한 달 전에 왔다. 이번에도 나는 한 뭉치 상품 카탈로그들과 함께 들고 와 무심코 겉봉을 찢었고 무심결에 읽어 내려갔다. 연필로, 꼭꼭 눌러쓴

편지였다. 그 편지는 '세훈에게'라고 시작되고 있었다.

세훈에게

잘 지내고 있다는 얘긴 들었다. 네게 직접 편지를 하지
않은 건 세형이가 그러지 말라고 말렸기 때문이다. 걔는
참 별난 데가 있더구나. 편지를 보내면 네가 화를 낼 거
라고 하더라. 세형이가 지난달에 보낸 편지에 답장이 없
어서 내가 쓴다. 바쁜가 보구나. 지지난달에 보낸 편지는
잘 읽었다. 직장에서 차를 직접 몬다니 조심해야지. 세형
이는 머지않아 건강해질 거라고 의사가 그러더라. 보건
소 의산데, 서울에서 유명한 의과 대학을 나왔단다. 그런
데 왜 이 마을엘 왔는지. 세형이는 이제 집도 나가지 않
는단다. 얌전히 집에만 있은 지 벌써 일 년째다. 오토바
이를 사달라는데 기다려봤다가 사줄 생각이다. 자전거
만 타고 다닌다. 못된 친구들과도 어울리지 않는다. 여기
가 멀어서 그런지 옛날 친구들은 오지 않는구나. 세형이
는 잘됐다는 눈치다. 마음이라도 편해야지. 그런데 지난
달에 보낸 편지에서 세형이가 뭐라고 했니? 그놈 방에서
밤중에 부스럭거리는 소리가 나더니 아침에 편지를 들

고 우체국으로 가더구나. 내가 물어도 그냥 편지라고만 하고 말이 없다. 어미 말 안 들은 게 하루 이틀 일은 아니지만. 텃밭에 감자랑 호박이랑 심어놨는데 부쳐줄까. 작년 여름에 보내준 오이소박이는 맛있게 먹었는지 모르겠다. 왜 자꾸 싫다고 하니. 혹시 세형이가 약을 탔느니 뭐니 했니? 걔는 아직 정신이 온전치 못하다. 농장에 이상한 이름이나 붙이고. 그게 또 소문이 나서 마을 사람 중엔 올빼미 농장인가 뭔가로 부르는 사람이 있다. 어린 애들은 죄다 세형이 편이고. 나도 보약 한 첩 지어 먹을까. 너는 어미가 아파도 어디가 아픈지 알려고도 않는구나. 오지도 않고. 이제 어미한테 편지도 좀 하고 그래라.

편지는 '엄마가'라고 끝나고 있었다. 내용은 오세형의 엄마가 세형의 형인 오세훈에게 보낸 안부편지였다. 꼼꼼히 읽어보면 삼 년 전에 받은 편지와 연결되는 내용이 있었다. 농장 이름을 세형이가 지었다는 것, 세형이가 어딘가 아프다는 것, 엄마와 아들이 서로에게 의심스러운 눈길을 보내고 있다는 것. 무언가가 더 있을 수도 있었다. 놀라운 건 이 세 사람이 지난 삼 년간 계속 소식을 주고받았다는 사실이었다. 세형이가 지난달에도 편지를 보냈고, 지지난달에는 세훈이가 편지를 보냈고, 작년 여름엔 엄마가 오이소박이를 보냈다. 그렇담 내 손에 쥐어진 편지 두 통은 뭘까? 늘 주고받던 편지에 딱 두 번만 주소를 잘못 써넣어 내게 온 걸까? 다른 편지들, 소포 꾸러미는 제 주소로 배달이 되고 있었을까?

이것이 편지 발신지를 여행지로 정하게 한 까닭이었다. 근처에 모른 척하고 가서 획 둘러본 다음 나머지 일정을 정하기로 했다. 인형은 아무럼 어때 하는 식이었다. 그녀도 차츰 농장이라는, 흔하면서도 낯선 장소에 흥미를 느끼고 있었다. 농장 이름이 멋지잖아. 세형이란 아이, 그리고 그 엄마, 어떻게 생겼는지 한번 보고 싶어. 인상이 나쁘면 그냥 오지 뭐. 나도 그게 좋겠다고 생각했다. 인상이 좋으면 편지를 돌려주고. 아마 사과를 받아줄 거야.

우리는 좀 이른 여덟 시에 아침을 먹었다. 간단하게 먹으면 되는데, 냉장고에서 상하기 쉬운 음식들을 죄다 꺼내놓다 보니 생각지도 않게 풍성한 식탁이 되었다.

고성까지 가.

그래서?

거기서 지방도로로 빠져서 육 킬로미터 정도 가면

된대. 거진항이 있으니 잠깐 들렀다 갈 수도 있고. 고성에 가본 적 있어?

없어.

나는 전국도로지도를 짚어가며 죽은 올빼미 농장 가는 길을 찾아 인형에게 설명해주었다. 고성은 나도 그녀도 가본 기억이 없었다. 언젠가 갔었는데도 기억에 없는 것일 수도 있었다. 어떤 지방 도시, 거기에 붙은 어떤 항구, 그 근처 어떤 여관 카펫에 져 있는 어떤 얼룩들, 몇만 원이면 살 수 있는 어떤 여자들, 새벽에 나와 먹는 어떤 식사들, 어쩌다 저지르는 그저 그런 어떤 실수들…… 그 어떤들을 대신할 다른 표현들은 떠오르지 않는다. 그저, 그냥, 어떤들이다.

나는 집을 떠나기 전 프로덕션의 김실장에게 전화를 했다. 여행을 가고 새 가사는 월요일까지 초안이 완성된다고 했다.

인형과 나는 열 시에 출발했다. 월요일까지는 돌아와야 하니 삼박 사일은 있다 올 수 있었다.

여길 거야. 아니 저긴가.

이쯤이면 되지 않았을까.

고성에 도착해 농장 쪽으로 달리기 시작했는데, 충분히 달린 것 같은데도 농장이라고 할 만한 곳은 나타나지 않았다. 농장이라면 최소한 길가에 간판쯤 걸어놓겠지, 했던 나의 실수였다. 정신을 차렸을 때 우리는 산자락을 오르고 있었다. 우리는 차를 돌려 다시 고성 쪽으로 향했다. 고성까지 가는 길에 농가가 가장 많이 몰려 있는 마을에 우리는 차를 세웠다. 그러곤 식당을 찾았다.

"올빼미 농장이라고 아세요?"

나는 어찌 된 일인지 '죽은'을 빼놓고 말하고 있었다. 죽은 올빼미 농장. 기분 나쁘기보다는 왠지 비현실적으로 들리는 이름이었다. 식당 주인은 모른다고 했다. 편지를 보여주어도 그랬다.

"주소는 이 근처 같은데."

식당 주인은 근방이 모두 그 리里 주소라고 했다. 나는 얼마나 넓으냐고 했다.

"아마 보이는 게 다지?"

식당을 나와 보니 그리 넓어 보이지는 않았다. 사위가 산으로 둘러싸여 있어서, 숨은 골짜기까지 훑어도 하루만 발품을 팔면 될 듯싶었다. 대충 세어보아도 오십 채가 넘지 않을 듯했다. 포장도로 좌우로 겨울의 끝 자락을 보내고 있는 논밭이 펼쳐져 있고, 있는 듯 없는 듯 풍경에 섞여든 기와집들과 비닐하우스들이 놓여 있었다. 빨갛고 노란 슬레이트 지붕을 인 집 몇 채만이 저편 골짜기 가까운 곳에 몰려 도드라지고 있었다. 소로가 겹치는 자리마다 내 키 두 배는 될 듯한 나무들이 검푸른 잎을 달고 서 있었다. 돌아볼까? 내가 정말로 그럴 참으로 신발 끈을 다시 묶자 인형은 질색을 했다. 읍사무소로 가보지. 그녀가 말했다. 공무원이 우리보다 정확하지 않을까? 맞아. 우리는 읍사무소로 갔다. 퇴근 시간이었다.

"상문리 35번지요?"

읍사무소 직원이 편지 봉투를 이리저리 뒤집어보다 사무실 안쪽으로 들어갔다. 지적도를 봐야 하는 모양이었다. 직원은 볼펜 끝으로 이리저리 짚어보다가 자리로 돌아와 메모지에 약도를 그리기 시작했다. 이거요. 아 네. 거기가 올빼미 농장인가요? 이름은 모르겠고, 주소는 맞아요. 아 네. 그냥 가시면 돼요. 내가 머뭇거리자 직원은 고개를 숙여버렸다. 나는 차로 돌아와 인형에게 메모지를 건네주었다.

아까 거기야?

나는 봐도 잘 모르겠다고 했다. 약도의 한 끄트머리
는 읍사무소였고, 찍찍 그어놓은 선들 중 굵은 것은 지
방도로, 얇은 것은 농장에 이르는 비포장도로인 것 같
았다. 반대편 끄트머리에 농장이 동그랗게 표시돼 있었
다. 중간마다 위치를 알 수 있는 건물들이 표시돼 있었
다. 결혼회관, 농협, PC방, 슈퍼마켓, 모텔 들이 차례로
농장으로 이어지고 있었다. 우리는 표지들을 따라 차를
몰았다. 아까 거기인 것 같아? 글쎄. 우리는 차를 세워
놓고 차창 밖으로 목을 뺐다.

아까는 모텔이 없었다. 있었다면 방을 잡고 짐을 풀
었을 것이었다. 인형도 나도 좀 씻고 싶어 했다. 모텔이
있다는 것 말곤 아까와 다를 바 없어 보이는 풍경이었
다. 철주 전봇대가 아까처럼 우리 차 바로 곁에서 약간
기울어진 채로 서 있었다. 저 멀리 밭 가운데 정자 같은
것이 있는데, 그것은 이미 본 것이 아닌가 싶었다.

여기서 어디로 가?

약도에 그려진 바에 의하면 지금 도로를 벗어나 모
텔을 끼고 돌아가야 했다. 둘러보니 진입 부분만 차가
들어설 수 있을 정도고 갈수록 좁아지는 비포장도로였

다. 못 들어갈 정도는 아니었지만 혹 논에 차를 박을 수도 있겠다 싶어 우리는 걸어가기로 했다. 방부터 잡을까? 내가 묻자 인형은 고개를 저었다. 한번 들어가면 나오고 싶지 않을걸. 그냥 쓰러지고 싶을 거야. 그래서 우리는 차에서 내렸고, 잘 다져진 자갈흙길을 걷기 시작했다.

날은 쌀쌀했다. 입춘은 지났지만 겨울인지 봄인지 모를 날씨가 며칠째 계속되고 있었다. 겨우내 쌓여 삭아가던 낙엽들이 밟을 때마다 가루를 날리며 부서졌다. 얼마쯤 걷사 소로는 자전거 한 대 지나다닐 수 있을 만큼 좁다래졌다. 집 몇 채를 지나왔지만 편지 봉투에 적힌 그 주소는 아니었다. 번지는 20번 대이기도 했고 40번 대이기도 했다. 아슬아슬하게 30번 대도 있었다. 비슷비슷하게 얄은 블록 담장을 쌓고 슬레이트 지붕이나 슬래브, 한식 기와지붕을 올린 단층집들이었다. 하얗게 연소한 연탄 더미를 담 아래 쌓아놓은 집도 있었다. 창백하게 박명이 내려앉고 있었다. 소로는 멀리 골짜기까지 이어져 있었고, 그리고 이 길만 있는 것도 아니었다.

나는 그제야 읍사무소 직원이 그려준 메모지가 정확한 것이 아닐 수도 있다는 사실을 깨달았다. 모텔로부터 농장이 얼마 거리에 있는지도 알 수가 없었다. 어째서 그걸 몰랐을까. 나는 인형에게 그렇다고 했고 그녀는 그렇다면 모텔로 가자고 했다. 여긴 어떻게 구멍가게 하나 없어. 그러게. 땀이 마르자 한기가 어깨를 움츠리게 했다. 우리는 바짝 마른입을 다시며 모텔로 걸어 내려갔다.

예, 싱글 주세요.

나는 프런트 직원에게 싱글 방을 달라고 했다. 그는 싱글이나 더블이나 별 차이가 없다고 했다. 흔히 보는 모텔이었지만 좀 고급스러운 데가 있었다. 벽지는 실크였고 침대도 질이 낮은 게 아니었다. 욕실 쪽 벽을 뜯어내고 방수 커튼을 달았다. 커튼을 젖히면 욕실이 다 드러나 보이는 구조였다. 욕조 사이즈는 보통 것의 세 배는 되어 보였다.

휴식을 위한 방이 아니라 흥분을 위한 방이군.

꼴려?

내가 말하자 인형이 물었다. 나는 좀 그래, 하고 답했다.

여자나 남자가 혼자 들어와서 오나니를 해도 꽤 할 만하겠어.

그럼 해보지.

나는 인형이 씻을 동안 옷을 벗고 소파에 앉아 텔레비전을 켰다. 절로 눈이 감겼다.

눈을 떠보니 나는 방바닥에 쪼그린 채로 팔베개를 하고 누워 있었다. 텔레비전에선 누군가가 앵앵거리는 목소리를 내고 있었다. 아침은 아니었다. 창은 어두웠고, 조명도 꺼져 있었다. 나는 찌뿌드드한 몸을 일으켜 방을 한 차례 돌았다. 새벽 두 시였다. 냉장고에서 물을 꺼내 마시곤 다시 체조라도 하듯 관절 하나하나를 폈다 접었다 하면서 방을 돌았다. 인형은 침대에서 곤히 지고 있었다. 그녀는 잠이 아주 많았다. 그리고 말도 아주 많아서 이런 시간에 깨우는 건 불행을 자초하는 것이나 마찬가지였다.

나는 소리 나지 않게 방을 나와서 복도를 걸었다. 카펫이 내 맨발바닥, 내 비만한 하중을 보드랍게 감싸 안아주었다. 나는 일층 프런트로 나왔고, 손님용 슬리퍼를 신은 다음 모텔을 나왔다.

나와 봤자 다른 뭔가가 있을 리 없었다. 찻길이 앞에 있고 뒤로는 논밭과 가정집들뿐이었다. 개 짖는 소리도 들리지 않았다. 이곳은 보안등도 없다시피 해서 안쪽으로 잘못 길을 들어섰다간 거름 더미에 코를 박을 수도 있었다. 바람은 찼다. 센 바람과 약한 바람이 불규칙하게 이어지고 있었다. 정말 센 바람이 불 때면 뺨을 쥐어뜯으며 뒤통수 쪽으로 잡아당기는 듯한 느낌이 들었다. 나는 차에 들어가 담배를 피웠다.

라디오에선 가요 프로그램이 나오고 있었다. 뽕짝이 두 곡 나오더니 멘트가 잠깐 있고, 다시 뽕짝이 두 곡 나오는 식이었다. 그중 한 곡은 김실장이 있는 프로덕션에서 만든 뽕짝이었다. 아마 그럴 것이다. 나는 뒷좌석에 몸을 묻은 채로 네 시까지 라디오를 들었다. 네 시가 넘어서 나는 방으로 돌아왔다. 그러곤 욕실 욕조에 더운물을 채워놓곤 그 안에서 남은 잠을 잤다.

다시 눈을 떴을 땐 여덟 시였다. 인형은 거울 앞에 쪼그리고 앉아 화장을 하고 있었다. 여느 여자들처럼, 그녀도 반드시 챙겨 가지고 다니는 것들이 있었다.

얼마나 깊이 잠들었는지 내가 오줌을 누고 세수를 해도 모르던데.

그랬어?

차라리 거기서 녹아버리지 그랬어?

나는 그런 수프는 정말 맛없을걸, 하고는 웃었다.

네 것이라면 난 다 좋아.

거울에 비친 인형의 낯빛이 환했다.

내가 그렇게 된다면 정말 먹을 거야?

우리는 프런트에 부탁해 아침을 시켜 먹곤 곧장 모텔에서 체크아웃을 했다. 돌아오고 싶은 곳이 아니었다. 우리는 다른 숙소를 찾기로 했다. 나가기 전 프런트 직원에게 올빼미 농장에 대해서 물었다. 그는 약도를 보더니 이 근방이 맞네요, 했다.

"근처에 저희 말고 다른 모텔은 없어요."

"근처라면 얼마 거립니까?"

"한 십 킬로미터쯤? 그만큼 가면 콘도도 있고 호텔도 있고 그렇지요."

직원은 농장은 모르겠다고 했다. 그 자신이 속초에서 이곳에 온 지 얼마 안 된다고 했다.

"모텔 밖으론 생수 트럭이나 쓰레기차 올 때 말곤 나갈 일이 없어서."

우리는 약도를 들고 어제 갔던 그 소로를 다시 가기 시작했다. 아침인 데다 피곤기도 가셔서 걸음은 가벼웠다. 농가들이 무리를 지은 곳의 끝자락에 다다라 뒤를 돌아보니, 모텔로부터 겨우 백여 미터쯤 떨어져 있는 곳이었다. 소로가 워낙 고불고불하고 거칠어서 한 일 킬로미터는 왔나 했던 참이었다. 인형은 평소 조깅을 나갈 때 왜 자기를 데리고 나가지 않았냐며 불평을 늘어놓았다. 네가 뛰어? 못 뛰면 업혀서라도 가지.

소로 끝에 '상문리 동산 약수'라는 나무 푯말이 서 있었다. 소로는 그 너머, 나무들 깊은 그늘 속으로 스며들 듯 사라지고 있었다. 저기 가? 그래야겠지? 생긴 건 소나무들 같았다. 그보다 한참 높다랗게, 버드나무도 솟아 있었다. 가까이 가보니 푯말 주위로 사람들 발자국이 어지러이 찍혀 있었다. 왕래가 많은지 부식토도 거의 벗겨지고 진흙이 드러나 있었다. 말소리도 들렸다.

한 발짝 들여놓고 보니 거긴 그냥 흔하게 보는 약수터였다. 우리가 사는 아파트 근처에도 별반 다르지 않은 풍경의 약수터가 있었다. 몇몇이 물통을 줄지어 세워놓고 잡담을 하거나 스트레칭을 하고 있었다. 그래서? 여기서 약수나 먹고 가? 우리는 약수터 가운데로 나갔다. 그러곤 배낭을 내려놓고 나무그루에 걸터앉았다. 오솔길이 셋이야. 하나는 우리가 왔던 오솔길. 어디로 갈 거지? 나는 할머니에게 약도를 보여주었다. 할머니는 모른다고 했다. 다른 이들에게도 물었다. 둘은 모른다고 했고 하나는 농장이 있긴 했지, 하고 답했다.

"농장이 있긴 했어요?"

"그래. 이 근처였는데, 그래 잠깐……."

그는 턱을 만지작거리며 생각에 골몰한 표정을 지었다.

"이름은 모르겠고, 여기 어디에 농장이 있긴 했어. 잠깐만, 제법 큰 농장이었는데……."

"그게 어쩌고 올빼미 하는 농장이었나요?"

"글쎄…… 그걸 왜 찾나? 워낙 어렸을 때 봤던 농장이라. 그게 한 이삼십 년은 되었지?"

나는 그게 무슨 소리인가 했다.

"이삼십 년 전요? 아…… 다른 농장은 없나요?"

"없어, 이 근처엔. 그걸 왜 찾나? 글쎄 내가 한참 어렸을 적 얘기라니까. 지금은 어떻게 됐는지 몰라. 없어졌겠지. 아직 있다면 내가 모르겠어? 여기 조합장까지 지냈는데."

그러면서 그는 손가락으로 길을 가리켰다. 그쪽으로 쭉 내려가면 들샘이 보일 텐데 그 너머로 좀 가면 농장이 있었다고 했다. 들샘요? 들샘. 아마 그것도 말라버렸지. 주소만은 이 근처가 확실하다고 했다. 그러곤 길이 나 남아 있을까 몰라, 하고 말꼬리를 흐렸다. 우리는 그가 가리킨 오솔길을 따라가는 대신 약간 얼이 빠진 얼굴로 약도를 확인했다. 이젠 하도 봐서 다 외울 정도였다. 아니, 외울 뭐라도 있는 약도였나. 별것 없이 대뜸, 모텔로부터 선 하나만 쭉 그어져 있을 뿐이었다.

우리는 오솔길을 따라 걸음을 빨리했다. 오솔길은 얕은 경사를 그리고 있었다. 한참 걷다가 돌아보면 우리가 내려온 것이구나, 하고 알게 되는 그런 얕은 경사였다. 한 이삼백 미터쯤 가서, 약수터에서 들리는 스트레칭 기합 소리가 더는 들리지 않게 됐을 때, 우리 앞에 빈 땅이 나타났다. 헐벗고 성긴 나뭇가지들이 시야에서 느닷없이 사라져버린 것이었다. 우리는 걸음을 멈췄다. 빈 땅은 길쭉한 농구 코트 하나 정도의 넓이였다. 빈 땅 가운데에는 역시 직사각형 모양으로 움푹 얕게 팬 자리가 있었다. 거기에 원래 무엇이 있었든 지금은 흙더미뿐이었다. 나뭇가지, 낙엽 더미, 흙더미 같은 것들이 주변에서 쓸려 내려와 넘치게 채우고 있었다. 우리는 다만, 흙 색깔이 달라 그것이 원래 거기서 나온 것들이 아니란 것만 짐작할 수 있었다. 흙더미에 큰 나무 하나가

비스듬히 거꾸로 박혀 있는 모습을 보니 야릇한 기분이
들었다.

나는 그런 광경을 뭐라 표현해야 할지 몰랐다. 인형
도 마찬가지인지 새근새근 숨찬 소리만 내고 있었다.

이게 저수지 같은 건가 봐.

들샘이라고 했잖아.

그게 뭔데?

몰라.

나는 어쩐지 쫓기는 기분이 들었다. 시간은 아직 정
오도 되지 않았다. 시간은 많고, 날씨도 화창하며, 게다
가 휴가였다. 어떡해? 모텔로 돌아갈까? 왜? 글쎄. 난
더 가고 싶지 않아. 인형은 내 옆구리에 바싹 붙어 섰다.
그녀도 뭔가 느끼고 있었던 것이다. 여기까지 와서 돌
아가? 생각해봐. 여긴 우리가 찾는 그 농장이 아니야.
그 아저씨가 그랬잖아. 한참 전에 없어졌다고. 없어지
지 않았겠냐고 했지. 없어졌다는 것과 없어지지 않았
겠느냐 하는 것은 달라. 그 아저씨도 잘 모르고 있는 거
라고. 그럼 넌 뭘 아는데? 글쎄. 거기서 나는 말문이 막
혔다. 나 역시 아는 게 없었다. 농장으로부터 온 두 통의
편지는 바로 한 달 전까지도 거기 사람이 살고 있었음

을 말해주고 있었다. 그리고 지금 여기의 위치는 약도와도 대충 들어맞았다.

분명한 건 우리가 뭔가 찾아냈다는 거야.

그래, 멍청아.

빈 땅을 넘어갔을 때 안내판 같은 것이 우리 앞을 가로막았다. 말뚝을 하나 박아놓고 철판을 붙여놓은 것이었다. 처음엔 안내 문구가 붉은 페인트였을 텐데 지금은 철판을 파먹는 녹과 녹물에 섞이고 지워져서 한눈에 읽기가 쉽지 않았다. 대충 이런 내용이었다. **본 토지는 사유지이니 토지주의 허락 동의 없이 출입을 절대 금합니다.** 그리고 굵은 가시 철조 한 줄이 허리 높이로 주변 나무들에 둘러쳐져 있었다. 안내판처럼 가시 철조도 삭고 삭아 철조라기보다는 허공에 간신히 매달려 있는 시뻘건 녹덩어리처럼 보였다. 우리가 도착해 서 있는 곳은 그러니까 나무들로 이뤄진 살아 있는 입구였다. 나무들과 안내판과 가시 철조로 이뤄진 작은 문 같은 곳이었다.

그 문 너머는 우리가 지나온 뒤쪽과 마찬가지로 빈 땅이었다. 훨씬 널따란 빈 땅이었다. 빈 땅은 저 먼 빛의 동산 밑자락까지 휑한 풍경으로 닿아 있었다. 모래자갈 땅이어서 나무가 자라지 못하는 모양이었다. 잡초 무더기들만 누군가 툭툭 던져놓은 것처럼, 산만하게 흩어져 자리하고 있었다. 그 외 다른 것들은 보이지 않았다. 집도 울타리도 가축도. 좁은 땅이 아닌데도 그 흔한 컨테이너 하나 없이 황량했다.

들어가?

들어가지 말라잖아.

평소라면 안내판이 있든 없든 한 번쯤 넘어가 보고 싶을 것이었다. 나는 어쩔까 망설였다. 인형은 아예 한 발짝 뒤로 물러나 있었다. 께름한 낯빛이 역력했다.

여기 우리 둘밖에 없는 거 알아?

응?

이 넓고 후미진 데에 우리 둘밖에 없다고.

그래서?

나는 그제야 등줄기가 서늘해졌다. 가시 철조 넘기를 왜 망설이고 있는지 깨달았다. 숲에 둘러싸인 오솔한 빈 땅이 우리 앞에 있었고, 그 모두는 다시 적막이라는 경계를 알 수 없는 배경에 다시 둘러싸여 있었다. 이런 데 와본 적 있어? 없어. 추워. 인형은 어깨를 움츠리곤 팔짱을 꼈다.

우리는 다시 모텔로 돌아왔다. 다른 숙소는 찾을 수가 없었다. 똑같은 방이었다. 인형은 불평을 늘어놓더니 잠이 들어버렸다. 나는 소파에 앉아 한참 유선방송의 주식 프로그램을 보다가 방을 나왔다. 그러곤 아까 갔던 그 길을 다시 갔다. 약수터를 지나 들샘을 지나 빈 땅으로 갔다. 그곳이 내가 찾던 죽은 올빼미 농장인지는 알 수 없었다. 약수터의 사내가 말한 이삼십 년 전의 농장 자리였는지도 확실치 않았다. 안내판 앞에 서서 안쪽을 기웃거리기만 해선 알 수 있는 게 없었다. 나는 잠시 망설이다가 조심스레 가시 철조를 들어 올렸다. 그러곤 허리를 굽혀 안쪽으로 게걸음을 옮겼다. 가시 철조가 손끝에서 둔탁하게 튕겨 나가며 끊어졌다.

빈 땅은 멀리서 보든 가까이서 보든 차이가 없었다. 모래자갈 땅이라 그런지 잡초도 크게 웃자란 것이 없었다. 이렇게 놀린 지 얼마나 되었을까. 약수터 사내의 말처럼 이삼십 년은 되었을까. 그렇지만 안내판은 그렇게까지 오래되진 않아 보였다. 중간 어느 시점에 안내판을 새것으로 바꿨을까. 나는 조깅 트랙을 돌듯 빈 땅의 가장자리를 천천히 걷기 시작했다. 시간이 조금 지나자 보이기 시작하는 것들이 있었다. 가까이 가보니 벽

돌 반쪽이었다. 부서지고 묻히고 삭은 벽돌들이 사방에 흩어져 있었다. 흐린 핑크빛으로 바랜 플라스틱 세숫대야가 겨우 손바닥만큼만 남고 묻혀 있기도 했다. 녹아내린 난로 연통 찌꺼기도 있었다. 그런 자질구레한 것들 말고 다른 흔적은 찾기 어려웠다. 주변 산으로부터 흘러내린 토사와 거센 빗줄기들이 오랜 세월에 걸쳐 빈 땅 전체를 덮어버리고 갈아엎은 듯했다.

집터라고 할 만한 증거는 없었지만 누군가 살았던 것만은 분명했다. 마을 공동 쓰레기장은 아닐 테니까. 내가 여기서 뭘 확인하고 싶은 걸까. 올빼미 농장이 아니라는 것? 여기가 원래 무슨 농장이긴 했다는 것? 죽은 올빼미 농장이 아니라, 죽은 농장이구만……. 나는 빈 땅을 나갔다.

모텔 앞에 닿았을 때, 모텔 앞 도로를 누군가 자전거를 타고 달리고 있었다. 내가 주차장에 있었으니 그리 먼발치는 아니었다. 열대여섯 발자국 앞이었다. 짐칸에 무처럼 생긴 채소를 담은 커다란 비닐봉지를 싣고 있었다. 쏜살같이 지나갔기 때문에 자세히 뜯어보진 못했다. 내가 알 수 있는 건 아직 스무 살이 안 돼 보이는, 얼굴이

앳돼 보이는 아이라는 것. 보통 체격에, 춥지도 않은지 반팔 셔츠 차림이었다는 것. 무릎이 하얗게 바랜 청바지를 입고 있었다는 것. 그 정도였다. 오후 네 시였다.

저녁이 되기 전 우리는 이게 마지막이라고 하고서 읍사무소를 다시 찾았다. 우리는 직원에게 우리가 가보았던 그 빈 땅의 위치를 가능한 한 세밀하게 그려 보여주었다. 그러곤 그것이 우리가 찾는 그 주소가 맞는지 물었다. 직원은 골치 아프다는 표정으로 약도를 들고 지적도 앞으로 갔다.

"맞아요."

"그래요?"

"난 틀리지 않았어요."

직원은 손가락으로 약도를 힘주어 누르며 또박또박 말했다.

"이게 틀렸든가, 지적도가 틀렸든가 둘 중 하나지. 내 눈은 틀리지 않았어요."

배고파. 밥이나 먹자.

인형이 내 손에서 약도를 뺏어 찢으며 말했다.

우리는 읍사무소를 나와 국도를 탔다. 남은 휴가 기간에 속초를 거쳐 강릉, 정동진, 동해, 삼척까지 동해안을 돌기로 했다. 그리고 그렇게 했다. 죽은 올빼미 농장 찾기는 그렇게, 여행 중에 늘 있었던 어떤 해프닝의 하나로 끝이 났다.

월요일들

월요일에 도착해서 자동응답기를 틀어보니 김실장이 메시지를 남겨놓았다. 한번 전화하라는 얘기였다. 저녁쯤 나는 프로덕션으로 전화를 했다.

"이메일 지금 보냈어요. 확인해보셨어요?"

"응. 지금 보고 있어."

"어때요?"

"그냥 그래."

"그래서요? 다듬어요, 다시 써요?"

"난 다른 걸 원해. 그리고 휴대폰 하나 사지."

나는 그럼 다른 걸 써보겠다고 했다. 김실장은 어디어디가 어떻게 불만이라는 식으론 말하지 않았다. 그저 다시 쓰거나 고치거나 둘 중 하나였다. 싫다고 하면 나는 그에게 위약금을 물어줘야 했다.

"여행은 괜찮았어? 기억해둬. 이번 달 말에 첫 미팅이야."

나는 전화를 끊고 욕실로 가 찬물을 뒤집어썼다.

무슨 일이야? 뭐래?

인형이 걸레질을 하다 말고 물었다.

김실장이야. 뽕짝이나 만들던 놈이 말야.

때려치워.

나는 작업방으로 가 노트북을 켰다. 작업 파일을 열곤 이제까지 써놓았던 가사들과, 대충 윤곽을 잡아놓은 앞으로 쓸 가사들을 쭉 훑어봤다. 실은 김실장을 흉볼 처지가 아니었다. 나 역시 이번 계약을 하기 전까진 뽕짝도 종종 쓰고 그랬다. 이번 계약이 아니었다면 지금도 밤을 새워가며 뽕짝 가사를 쓰고 있을지 모를 일이었다.

지난 삼 개월 동안 나는 대여섯 편의 가사를 지어 김실장에게 갖다 줬다. 생각보다 까다로웠다. 통과된 것은 하나도 없었고 좀 고쳐보라고 돌려받은 건 세 편이었다. 첫 미팅이 있는 이번 달 말까지, 나는 다섯 편의 완성된 원고를 들고 가야 했다. 노트북은 종일 켜져 있었고 책상 한편에는 메모지가 쌓여갔다. 밤 아홉 시쯤 되어 나는 노트북을 접고 메모지를 정리했다.

인형은 여행에서 돌아온 순간부터 시디들을 뒤져 쓸 만한 가사들을 찾아내는 일을 하고 있었다. 시키지도 않았는데 투덜거리며 그 일을 했다. 그러곤 아침이면 일 시작하기 전에 내게 서포트라며 보여주었다. 나는 서너 구절쯤 베낄 수도 있겠다 싶었다.

전에도 콜라주를 했던 적이 있었어.

나는 인형이 뽑아 온 가사들을 훑어보며 말했다.

이렇게 한 구절, 저렇게 두 구절 베껴서 콜라주 식으로 한 편 썼었는데 망해버렸거든.

왜?

아귀가 안 맞았어. 구절들이 따로 놀아.

나는 그래도 미련을 버리지 못해 온종일 콜라주 놀이를 했다. 인형은 베란다에 나가 놀았다.

며칠 콜라주도 하고 창작도 하면서 괜찮게 됐다 싶은 것이 있으면 인형에게 주고 읊어보라고 했다. 알려져 있는 노래들 중에 가사와 운이 맞는 것을 골라, 가사만 바꿔 부르는 것이었다. 노래를 잘하는 것은 아니었

다. 코맹맹이 소리에다 탁해서, 어쩔 땐 설거지할 때 그
릇들끼리 부딪는 소리가 났다. 그래도 그녀는 리듬에
올라타는 감각이 있었다. 가사와 멜로디를 손에 쥐어주
면 어느새 바람에 실린 듯 리드미컬하게 읊어나갔다.

　나는 인형을 주방과 거실 사이 넓은 공간에 세워두
고 베란다 쪽 창문에 기대앉아 그녀의 노래를 들었다.
그녀는 몸이 너무 왜소했고, 감각은 있었지만 성량도
너무 왜소했다. 그래서 황혼이 지는 시간에 그녀를 세
워놓고 그녀의 노래를 듣다 보면, 저물녘 벌판에서 간
신히 버티고 있는 작은 불씨 같은 느낌이 들었다. 꺼뜨
리기엔 너무 안타깝고 그렇다고 더 키울 수도 없는. 손
을 펴 가만히 그녀의 얼굴에 대면 맞춘 듯 쏙 들어왔다.
한 팔로도 그녀의 양어깨를 감싸 안을 수 있었다. 손가
락 하나로도 그녀를 들어 올릴 수 있었다. 그녀는 합창
대의 소녀 대원처럼 다소곳이 서서 차츰 어두워지는 황
혼의 잔광 속에서 가사를 읊었다.

　월요일까지 나는 그런 식으로 일만 했다. 한 주가 남
아 있었다. 다음 주 월요일이 월말, 첫 미팅이 있는 날이
었다. 약속은 지킬 수 있을 것 같았다.

나는 아파트 단지를 나와 유흥가를 향해 걸었다. 바람에서 온기가 돌았다. 봄이었다. 나는 카바레로 갔다. 유흥가에 그럴듯한 디스코텍이나 록카페가 없기도 했지만, 주 손님 연령층이 삼사십 대라 별 거리낌 없이 어울려 즐길 수 있는 곳이기도 했다. 복잡해진 머리를 풀기엔 적당한 곳이었다. 가만히 앉아, 환풍기 팬에 손가락을 밀어 넣듯 스테이지 쪽으로 머리를 놓아두고 있으면 되었다. 한 시간이면 가뿐해졌다. 카바레의 소음과 부산함으로 머릿속의 소음과 부산함을 씻는 것이다.

맥주 두 병. 뽕짝과 칠팔십 년대 댄스 음악. 탱고와 밴드의 생음악. 이런 것들 속에서 머릿속이 맑아지고 있었다. 자리를 잊어먹은 여자들 몇이 내 옆에 잠깐 엉덩이를 붙이다 갔다. 재미없게 뭐 하세요? 이렇게 물어 온 여자와 나는 춤을 췄다. 가끔 있는 일이다. 그리고 여덟 시가 조금 넘었을 때, 그녀와 밖으로 나왔다. 우리는 차를 마시기로 했다. 조명을 벗어나 보니 그녀는 나보다 열 살은 더 늙어 보였다. 땀 탓에 화장을 지우고 다시 한 모양인데, 좀 엷게 했는지 주름살이 그대로 드러나 보였다. 춤출 때 잡아봤던 허리는 단단한 것이 이십 대의 허리였다. 내 팔은 아직 이십 대 여자 허리에 대한 감각을 그대로 기억하고 있었다.

나는 그녀와 카페에서 차를 마셨다. 그녀는 나를 전통차를 파는 곳으로 데려갔다. 평소에는 이 길목으로 해서 근처 할인마켓으로 장 보러 다닌다고 했다. 그녀는 말을 많이 하지 않았다. 연하 앞에서 수다를 떠는 게 주책이라고 생각한 모양이었다. 그 대신 내가 수다를 떨었다. 차를 마시면서도 내가 훨씬 말을 많이 했다. 나는 일이 잘 안 풀려서 바람을 쐬러 나왔다고 했다.

그녀는 내게 무얼 하냐고 했고 나는 별로 하는 일이 없다고 했다. 그녀는 그러냐고 했다. 화제는 근처 아파트 시세로 옮겨왔다. 그것에 대해서는 그녀가 더 많이 알고 있었다. 내가 내 형제들에 대해 얘기하자 그녀는 자기 자식들에 대해 얘기했다. 우리는 아홉 시까지 차를 마시곤 카페를 나왔다. 그녀도 나도 근처가 집이었다. 방향은 달라서 우리는 파출소 앞에서 헤어졌다.

"즐거웠습니다."

"네. 저도요."

그러곤 백화점 앞을 돌아가는데 가쁜 숨소리가 어깨 너머에서 들렸다. 누군가 팔뚝을 쳤다. 그녀였다. 그녀는 이대로 그냥 가기 아쉽다고 했다. 뭐가요? 하고 나는 물었다. 그녀는 잠깐 입을 다물었다. 답이 궁한 모양이었다. 우리 집에 가요. 집이요? 그녀는 아이들도 없고 남편도 장기 출장 중이라고 했다.

우리는 유흥가에서 서너 블록쯤 떨어진 그녀의 아파트로 갔다. 그녀는 나를 데리고 들어가며 경비원에게 인사까지 했다. 내가 꿈꿔오던 그런 중산층 아파트 살림이었다. 넓은 거실, 방마다 딸린 화장실, 베란다에서 잎과 꽃을 틔우는 화초들, 국적을 알 수 없는 기이한 수집품들, 거실 벽면을 장식한 가족사진. 아이는 아들과 딸 둘이었다. 내가 소파에 앉아 여성 잡지를 뒤적이는 동안 그녀는 차를 내왔다. 그녀는 거실 바닥 카펫에 앉았다. 머리가 꼭 내 무릎에 왔다.

그녀는 내 손에서 잡지를 빼앗더니 다탁 아래로 밀어 넣었다. 그러곤 자기를 무슨 문제가 있는 여자로 오해하지 말아달라고 했다. 나는 누굴 오해할 만큼 남한테 관심을 두고 사는 사람이 아니라고 했다. 이런 일이 흔하냐고 그녀는 물었다. 나는 대학 졸업반 때 후로 처음이라고 했다. 그럼 좋으냐고 했다. 나는 좋다고 했다. 그녀는 약간 살찌고 배가 나온 남자를 좋아한다고 했다. 우리는 안방에 붙은 욕실에서 함께 샤워를 했다. 그

전에 그녀는 거실과 안방에 향을 피웠다.

실은 그럴 필요까진 없었다. 내가 그녀 위에서 몇 번 흔들다가 그만뒀기 때문이었다. 그녀는 발기가 잘 안되냐며 입을 가져다 댔다. 스킨십만 해요. 나는 그녀의 꼿꼿이 선 젖꼭지를 만지작거리며 말했다. 그녀는 삽입은 하지 말자는 말에 수긍하듯 고개를 끄덕였다. 자세가 재미없었다면 뒤로도 할 수 있었어, 하고 말했다. 결국 우리는 오럴 섹스만으로 일을 끝냈다. 그러곤 다시 샤워를 했고, 옷을 챙겨 입고 거실로 나왔다.

그녀는 다시 차를 내왔다. 우리는 아무 일도 없었던 것처럼 다시 부동산, 드라마, 가요, 아이들 얘기를 했다. 그러곤 잠깐 말 잇기 놀이를 했다.

"사진은 어디서 찍으셨어요?"

내가 거실 벽 가족사진을 가리키며 물었다. 배경이 내 시선을 붙들고 있었다.

"제주도요. 남편 친척이 제주도에서 농장을 해요. 말 농장."

"말 농장."

나는 지난번에 찾아갔던 올빼미 농장을 떠올렸다. 올빼미 농장이면 올빼미를 키우는 농장인가, 그 올빼미는 죽은 올빼미인가. 나는 머리를 흔들고는 벌써 열한 시라고 했다. 그녀는 아파트 단지 앞까지 배웅을 해주었다.

나는 집으로 돌아와 인형의 이마에 뽀뽀를 해주었다. 어떤 여자였어? 인형이 잠을 깨서 물었다. 아줌마. 어쩐지 향수내가. 아무 일 없었어, 차 마셨어. 잘했어. 그녀는 더는 말을 하지 않았다. 그러고 나서 나는 욕실 욕조에 더운물을 받아놓고 들어가 잠을 잤다. 턱까지 잠기도록 몸을 낮추고는 눈을 감았다.

다음 날 손자가 왔다. 손자 역시 김실장의 프로젝트에 작곡가로 참여하고 있었다. 누구누구가 더 있는지는 미팅에 가봐야 알 수 있을 것이었다. 작곡 파트라 스트레스를 좀 받고 있는 모양이었다.

"나야. 형."

손자는 여전했다. 코팅한 긴 생머리에 패딩 코트, 요가 바지 차림이었다. 그는 케이크를 사 와선, 앉지도 않고 주방으로 가선 썩썩 썰어 접시에 담아 내왔다. 형은 어때? 얼마나 했어? 나는 손가락 세 개를 펴 보였다.

"처음 두어 달은 좋았지. 공돈 들어왔겠다, 시일 넉

넉하겠다, 생각 없이 놀았는데 퇴짜 한 번 맞고는 그로기야. 삗었어."

"난 그렇게까지 급하진 않아."

"나하고 한번 맞춰보자."

"뭘?"

손자는 가져온 기타를 꺼냈다. 그러곤 자기 곡을 들려줄 테니 내가 준비한 가사들과 한번 맞춰보자고 했다. 나쁜 생각은 아니었다. 그렇지만 불필요한 생각이었다. 곡과 가사를 고르는 건 스튜디오 쪽이었다. 판단은 그쪽에 맡겨야 했다. 내겐 아무리 들려주어도 쓸모없었다. 나는 그러마 하고 가사를 불러주었다. 그도 몇 번 맞춰보더니, 자기가 어리석은 시도를 하고 있다는 사실을 깨달았는지 울상을 짓고는 이제 어쩌지? 하고 소리를 질렀다.

손자는 나처럼 외국 곡으로 콜라주도 할 수 없었다. 멜로디나 리듬엔 오리지널리티가 강하고 사람들도 예민하게 반응해서 발각되면 매장되기 십상이었다. 김실장은 뽕짝이 주력이긴 했지만, 외국 곡도 많이 듣고 있었다. 급조한 콜라주 정도는 쉽게 적발해낼 것이었다. 그래도 손자는, 잘 안 될 경우 세션으로 몸빵이라도 해줄 수 있었다.

손자는 월요일까지 함께 지내며 작업을 하자고 했다. 나는 당연히 싫다고 했다. 신경에 거슬리는 건 물론이고, 네가 겁이 난다고 했다. 네가 예쁘기는 해. 하지만 징그러워. 내가 잘 때 무슨 짓을 할지 모르잖아. 그는 섭섭한 표정을 감추지 못하더니 자리에서 일어났다.

"여기 전망 좋다……. 싱크대 다리에 긴 줄을 묶고 목에 맨 다음, 베란다로 전력 질주해서 뛰어내리고 싶어. 날씨도 적당하잖아."

그러고는 왔던 것처럼 휑하니 가버렸다. 손자는 성격이 밝고 활기찬 대신 호들갑스럽고 불안한 구석이 있었다. 제대한 지 몇 년 되었는데, 성격 때문에 군대에서도 고생을 많이 한 모양이었다.

인형은 베란다에 나가 있었다. 손님이 오면 늘 그랬다. 아니면 작은방에 틀어박혀 있든가. 손자가 왔다 갔어. 나는 인형을 들어 무릎에 앉히며 말했다. 일이 그렇게 힘들대? 힘은 안 들어. 제대 후에 처음으로 큰 오더를 받았으니까 걔가 흥분이 돼서 그런 거지. 돈을 보면 아드레날린이 솟구치잖아.

나는 손자에 대해 이야기해주었다. 손자는 그가 스

스로 붙인 애칭이었다. 손자 크리스티나인가 뭔가 하는 외국 여자 가수의 이름에서 따온 것이었다. 그의 이상형인 모양이었다. 그런 유형의 사람들이 있다. 언젠가는 오른손 손가락이 넷밖엔 없는 외국 기타리스트를 좋아하는 어떤 친구가 그 사람처럼 되겠다며 제 멀쩡한 손가락을 잘라버린 일이 있었다. 나는 인형에게, 손자는 앉아서 오줌을 누는 남자라고 했다. 정말? 정말. 그게 무슨 뜻이야?

처음 손자를 보았을 때 나는 그를 여자라고 생각했다. 입성부터가 그랬다. 그래서 가까이 다가가 술도 권하고, 일어나 화장실을 갈 때 요가 바지에 드러나는 곡선을 눈요기하기도 했다. 그가 형이라고 부르기 전까지는 말이다. 처음엔 내게 선배라고 했다. 그런 남자들은 화장을 짙게 하기 마련인데 그는 그러지도 않았다. 피부가 여자처럼 얇고 투명해, 순수미를 내세울 수 있어서였다. 손톱으로 살짝 긁으면 금세 핏방울이 맺힐 것 같은 피부였다. 솜털도 보송보송했다. 남자라는 것을 알고 나서도 나는 그와 좋게 지냈다. 이따금 술에 취하면 키스를 하기도 했고. 그도 싫은 표정이 아니었다.

손자는 그의 이상과는 전혀 다른 음악 생활을 하고

있었다. 주로 뽕짝 날품팔이를 하며 살고 있고, 이따금 유명 가수의 음반에 세션으로 참여하는 게 바라는 최대치였다. 그는 손자 크리스티나의 단순한 복제도 되지 못하는 게 아닌가 하는 생각에 시달렸다. 몇 년만 지나면 그의 원본이 하던 그런 음악을 쫓아가기엔 나이가 너무 많아지게 된다. 뽕짝이 더 어울리는 나이가 되는 것이다.

저녁이 가까워왔다. 아파트촌의 저물녘은 내가 기억에 담고 있는 어렸을 적의 그 저녁과는 여러모로 달랐다. 같은 박명이라도 어렸을 적의 그 박명보다 더 옅었다. 낮의 부산함이 끝난 다음의 차분한 안정감도 아파트촌 쪽이 한참 얕았다. 나가지만 않으면, 버티컬을 쳐놓고만 있으면, 낮인지 밤인지 모르고 지낼 수도 있었다. 여기는 무엇이든 더 옅고 얕다.

자장가 가사 다 기억났어?

나는 문득 떠올랐다는 듯 인형에게 물었다.

그거라도 빼내서 팔까?

그게 팔리겠어?

글쎄. 숱하게 노래를 듣고 써봤지만 그만한 멜로디와

가사를 들어봤는지 모르겠어. 그만한 게 없었어. 이상하지? 난 정작 두 구절 이상은 기억도 못 하는데 말이야.

인형은 그렇담 자기도 한번 노력해보겠다고 했다. 내가 못 한다면 자기가 해야지 별수 있겠냐고 했다. 그녀는 메모지 한 장을 빼 들더니 자신이 기억하고 있는 가사를 적기 시작했다. 그러곤 내밀었는데 내 기억과 똑같았다. 한 글자도 더하지도 빼지도 않고 꼭 내 기억만큼이었다.

내 어렸을 적 친구는 앵무새들을 키우며 살았네.
울타리도 지붕도 없는 이상한 집에서.

이래선 소용없어. 자장가가 총 몇 구절이었지?
불행히도 우린 그것조차 기억하고 있지 못했다.

첫 미팅이 있는 월요일, 나는 아침 일찍부터 산책을 했다. 여덟 시도 되지 않은 시간이었다. 원고는 통과되었다. 한 편은 콜라주였는데 김실장은 오케이를 내렸다. 자장가는 쓰지 못했다. 인형도 나도 두 줄 이상은 기억해내지 못했다.

공원에선 축구가 한창이었다. 나는 커피를 뽑아 들고 벤치에 앉았다. 공이 날아오를 때마다 먼지바람도 함께 일었다. 여덟 시가 되자 공원은 텅 비었다. 공을 차던 땀투성이 사내들은 서로 손을 흔들며 근처 아파트들로 흩어져 갔다. 한 블록 밖에 있는 버스 정류장으로 차를 타기 위해 종종걸음 치는 몇몇을 빼면 지나다니는 사람도 없었다. 벤치 뒤쪽으론 하천이 흐르고 있었다. 강심이 얕고 수량이 워낙 적어 장마철 폭우가 쏟아질 때 말고는 물 흐르는 소리조차 듣기 힘든 얕은 하천이었다.

예전엔 머리를 비우는 일은 쉬운 일이었다. 이어폰을 귀에 꽂고 시선은 아무 곳에나 고정시킨 다음 오 분만 꼼짝 않고 있으면 머릿속이 하얗게 비워졌다. 요즘은 카바레에 가서 스테이지 쪽으로 머리를 디밀고 있어야 했다. 게다가 청력이 나빠져서 이어폰을 낄 형편도 못 되었다. 나는 길 건너 상가 문구점에서 공을 사와 혼자 축구를 했다. 공은 잘 굴러다녔지만 나는 그렇지가 못했다. 바람은 꼭 내가 공을 차는 쪽에서 불어왔다. 내가 방향을 바꾸면 바람도 방향을 바꾸었다. 흙먼지를 흠뻑 뒤집어쓴 다음에야 나는 공을 버려두고 집으로 돌아갔다.

약속 장소는 프로덕션 근처의 양식집이었다. 오후 한 시였는데, 함께 점심을 먹은 다음 웬만큼 늘어지고 나른한 분위기에서 미팅을 하자고 했다. 빌딩 양식집 복도 끝에 테이블과 소파들이 나와 있었다. 한나절 정도 양식집을 통째로 빌린 모양이었다. 실내의 반 정도가 비어 있었고, 그 중간을 식탁보 몇 장을 어설프게 이어 붙인 커튼이 가로질러 쳐져 있었다. 한 시 정각까지 팀이 다 모였다. 몇몇은 낯익은 얼굴이었고 나머지도 이름 정도는 아는 친구들이었다. 개중엔 지명이 좀 있는 친구들도 있었다. 주로 작곡 파트의 친구들이었다. 연주를 맡기로 한 듯한 신시사이저 연주자도 하나 와 있었다. 그는 우리가 인사를 나누는 동안 건반과 스피커를 설치했다. 커튼 앞이었다. 손자는 맨 나중에 도착했다. 그는 내 옆에 앉더니 두리번거리며 김실장을 찾았다.

김실장은 한 시가 좀 넘어 주방이 있는 프런트 쪽에서 나타났다.

"다 와줘서 고마워. 밥이나 먹자."

김실장은 우리를 쭉 둘러보더니 커튼에 시선을 멈췄다.

"가수가 쪽팔린다고 해서 블라인드 테스트를 하기로 했어. 끝나고 나서 솔직히 말들을 해달라고."

웨이터들이 돌아다니며 주문을 받기 시작했다. 나는 돈가스를, 손자는 김치볶음밥을 시켰다. 분위기는 좋았다. 다들 오랜만이라 시끌벅적했다.

김실장은 창가에 앉아 커피를 홀짝이고 있었다. 손에는 바인더가 들려 있었다. 우리가 보내준 원고들 바인더였다. 그는 식사가 끝나고 후식이 나올 때쯤 돼서 자리에서 일어섰다. 잠시 후 긴 생머리를 뒤로 묶은 교복 차림의 여자아이가 들어섰다. 가방까지 메고 있는 것을 보니 학교에서 곧장 온 모양이었다. 여자아이는 안녕하세요, 늦었지요, 하곤 급하게 커튼 뒤로 들어갔다.

미팅은 빨리 진행되었다. 커튼 뒤의 여자아이는 신시사이저 연주에 맞춰 우리가 준 곡과 가사들을 하나씩 불렀다. 미리 적당한 곡과 가사들을 짝을 지어놓은 모양이었다. 끝까지 다 부른 노래는 없었다. 내 것 다섯 편 중 두 편은 검토를 하는 듯하더니 부르지도 않고 지나갔다. 아직 어레인지도 되지 않은 곡과 가사들이니 그럴 수도 있었다.

여자아이는 웬만큼 훈련을 거친 그런 목소리를 냈다. 요즘 대개 그렇듯, 기초는 성악 수업으로 다진 듯했다. 성량도 좋았고, 감정도 실을 줄 알았다. 저마다 좋은 목소리를 분간하는 기준이 있었다. 내 경우는 귓볼이 간지럽거나 떨리는 듯하면 좋은 목소리였다. 나이는 교복 차림으로 짐작할 수 있었다. 아이는 십 분에 한 번씩 휴식을 취했다.

그런 식으로 두 시간이 지나갔다. 노래는 끝났다. 여자아이의 목소리는 탁해지지도 갈라지지도 않았다. 그러고 나선 잠깐 잠잠하더니 우리 쪽으로 얼굴을 빼꼼히 내밀곤 수고하셨어요, 안녕히 계세요, 했다. 얼굴이 꼭, 찻잔 두 개를 엎어놓은 크기였다. 김실장도 웃는 낯으로 손을 흔들었다. 우리도 따라서 손을 흔들었다. 다시 학교로 가봐야 해요, 하고 아이가 말했다.

"어땠어?"

"괜찮았어요. 누군지 몰라서 걱정했는데."

누군가 그렇게 말했다. 곡을 누구한테 맡길지 몰라 불안했다는 얘기였다.

"그 정도면 좋아요. 투자한 만큼은 뽑겠네."

"투자는 무슨. 얼굴은 어때요?"

"봤잖아. 그 정도면 밀리는 수준은 아니지."

"들어본 목소리는 아닌데."

"신인인가?"

김실장은 신인이라고 했다. 우리 중 누구도 이름을 물어보지 않았다. 굳이 이름을 알아야 할 필요가 없었다. 중요한 건 이름이나 생김새가 아니라, 목소리의 톤과 성량이었다. 두 시간 동안 우리는 알아야 할 것들을 웬만큼 접수했다. 김실장도 그렇다는 걸 알고 있었고, 그래서 우리가 묻지 않는 것들을 구태여 얘기해주려고 하지 않았다.

"자, 그럼 좀 가닥이 잡히겠지?"

김실장은 이제 두 달이 남았다고 했다. 오늘 것들 중에서 시디 한 장 채울 곡은 뽑았으니 이제 남은 기간 동안 다듬어보자고 했다.

나는 계속해서 자장가 생각을 하고 있었다. 기억나는 두 줄을 적어 벽에 붙여놓았다. 떠오르는 대로 그 밑에 이어 적을 것이었다. 내가 자장가를 누구한테서 들었는지, 그것조차 기억이 확실하지 않았다. 어렸을 때 외할머니 댁에 얹혀산 적이 있었는데 그때였나? 그렇다면 형제들도 알고 있어야 했는데 그렇지 못했다. 직장 생활에 바빴던 엄마가 그랬을 리도 없었다. 그럼 형이나 막내였을까? 설마. 자장가를 들은 게 세 살 이전 같은 아주 어렸을 때라면 기억에 없는 게 당연한 일일 수도 있었다.

자장가는 내 창작이 아니었다. 어느 날 문득 내 입술과 혀가 그것을 뱉어내듯 읊조리기 시작했다. 멜로디 몇 소절과 가사 두 구절을. 처음엔 그것이 어떤 가수의 잊혀진 히트곡인가 했다. 하지만 그런 기성 가요는 없었다. 자장가를 떠올리다 보면 어떨 때는, 어깨에 긴장이 풀어지면서 목이 뒤로 젖혀지고 입이 벌어지곤 했다. 그러곤 눈이 감기고 아랫배 쪽에서, 촛불 가까이 손바닥을 댔을 때 느껴지는 그런 온기가 지펴졌다. 그러면 몸통에서 머릿속까지 다 환해지는 느낌이었고, 얼마 지나지 않아 나른한 졸음이 왔다. 지난밤에 몇 시간을 잤든 졸음이 왔다. 흔쾌히 받아들일 수 있는 기분 좋은 나른함이었다.

그런 느낌을 주는 노래는 세상에 많지 않았다. 그래서 더 집착을 하는 건지도 몰랐다.

사촌 형이 죽었대.

내가 거실 쪽 창을 열며 인형에게 말했다. 그녀는 갑자기 그게 무슨 소리냐는 표정으로 날 올려다보았다.

사촌 형이 죽었대. 나가봐야 해. 빠르면 내일 오고 늦으면 모레에나 올 거야.

인형은 대꾸도 없이 그저 날 쳐다보기만 했다.

사촌 형 기억나? 어디서 뭘 하고 사나 그러잖아도 궁금했는데 방금 연락이 왔어.

나는 차를 몰고 장례식장으로 갔다. 죽은 사촌 형은 내가 기억하기로 채 마흔이 넘지 않은 나이였다. 그에 대한 소식은 최근 몇 년 동안 통 듣질 못하고 있었다.

"응, 낙산이 좋아. 여름 한철만이 아니라 농가 한 채 사 놓고 주말마다 내려가서 별장 삼아 쉬어도 좋은 곳이야. 텃밭 딸린 농가 말이야. 주말농장이라고 있잖아. 그걸 갖는 거지. 나이는 필요 없어. 언제 은퇴 때까지 기다리나? 농가 한 채가 얼마나 될 것 같아? 일 년 치 보너스 충실히 모으면 살 수 있을 정도야. 당장 알아봐. 애새끼들한테 뜯길 돈 차라리 그런 데 쓰자고. 바닷가는 옵션인 것 같아. 진짜는 낙산사지. 집에서 천천히 낙산사를 오르내리면 땀이 쏙 빠져. 경치는 말할 것도 없고. 기독교 신자인데 그래도 경건함이 느껴지더라고. 깨끗해. 낙산 전체가. 관광 수입이 주인 지방이니까 주민들이 알아서 깨끗하게 관리해. 여자들? 다 어디서 왔을 거 같아? 한 아이한테 물어보니까 고척동에서 일하다 왔다고 하더라."

"대학원은 포기했어. 그저 살아만 줬으면 싶은 요즘이야. 그 새끼, 애비가 애걸을 해도 돌아오질 않아. 직장? 취직은 할 수 있겠지. 설대잖아. 졸업한 지도 오래되지 않았고. 근데 안 하려고 그래. 처음엔 무슨 품은 뜻이 있어서 그렇겠지 했는데 무슨 얼어 죽을 품은 뜻. 방에만 처박혀서 하루 스무 시간씩 내처 잠만 자더니 불쑥 일어나서 오백만 원만 달래. 그게 이태 전 일이야. 줬지. 또 무슨 품은 뜻이 있나 하고. 벤처니 뭐니 그런 거 있잖아. 아니면 대학원이라도 가겠다는 얘긴가 했지. 근데 사라져버리더라고. 다 큰 놈 실종 신고를 내는 것도 창피한 일이라고. 한 다섯 달 있었나? 전화가 왔는데 춘천 어디래. 내가 쫓아갈까 봐 그냥 춘천이라고만 하더라고. 나중에 제 어미한테는 어디 있다고 했나 봐. 어미가 내려가 보곤 사색이 돼서 왔는데 아직까지 그놈이 어디 있는지 말을 안 해줘. 내가 쥐어 패도 말을 안 해. 호적에서 파내버리겠다고 해도 말을 안 해."

"결혼할 놈이 뭐 그래. 이젠 어리광도 떨쳐버리고. 양보하는 법도 배우고 말이야. 평생 친구? 그건 좀 웃긴다. 마누라가 어떻게 친구냐? 마누라는 마누라지. 응, 신혼 땐 그럴 수도 있겠지. 아까 나 찌개 끓여다 갖다 준 애, 맞지? 아니야? 어두워서 그랬나? 그럼 누군가? 여기 없어? 내일 출근해야 한다고 가버렸어? 이런."

"말씀도 마세요. 효부라니요. 노친네가 얼마나 정정하시던지, 제가 챙겨드리지 않아도 속옷 빨래까지 직접 해 입으세요. 치매? 그거 남 얘기 아닌가요? 요즘은 개밥 주는 거로 소일하세요. 그냥 사료 포대 사다 놓으면 알아서 시간 맞춰서 주고 그러세요. 저희한테보다 개한테 더 정을 주시는 것 같다니까요. 우리한테는 말씀도 잘 안 하시려고 그러세요. 얼마 전에 장어구이 해드렸더니 그렇게 좋아하시더라고요. 예, 장어구이는 느끼해서 잘 못 드실 줄 알았더니 좋아하세요. 소식은 벌써 오래되셨어요. 저희한테 짐 되기 싫다고 일부러 공기를 작게 해서 드시는 줄 알았더니, 그게 장수 비결이래요."

나는 친척들이 모여 있는 자리에 가 앉아 시간을 보내고 있었다. 내 일손을 필요로 하진 않았지만 발인까지는 있어야 할 것 같았다. 세 시간이나 앉아 있었지만 죽은 사촌 형에 대한 이야기는 나오지 않았다. 소식이 없던 지난 몇 년간 어떻게 살았는지, 그리고 어떻게 죽었는지. 몇 번인가 운을 떼어보았지만 번번이 들어주는 사람이 없었다. 대신 내 결혼에 대해 물어오는 친척은 있었다. 나는 여자가 없다고 했다.

"눈이야 라식 수술인가 그걸 하면 되지만 잇몸은 방법이 없어. 내가 뼈저리게 느끼고 있잖아. 내가 건강 관리에 얼마나 신경을 많이 써? 안 먹어본 보약이 없고, 비타민제니 항산화제니 그런 거 입에 달고 다니거든. 건강해. 일이 힘들고 운동할 시간은 부족하니까 어쩔 수 없이 그런 건데 내장에만 신경을 썼던 거야. 내장은 튼튼해. 그런데 어느 날 비서가 아침 인사를 하면서 인상을 찌푸리기에 왜 그러냐고 꼬치꼬치 캐물었지. 잇몸이 썩어서 입에서 송장 썩는 냄새가 나는 거야. 왜 알지? 영안실 냉장고 열었을 때 훅 끼치는 그 냄새. 집에서 장례 치를 때 관 아래로 질질 흘러내리는 그 물에서 나는 냄새. 그런 게 내 입에서 나는 거야. 건강, 그거 안팎으로 꼼꼼히 챙겨주지 않으면 내 꼴 돼. 안은 튼튼해도 겉이 곪아 터진다고."

"그건 내가 어떻게 해줄 수가 없어요. 얼마나 엄격해

졌는데. 알아봐 줄 수는 있어요. 글쎄, 그 이상은 곤란해요. 형님은 한계를 모르시네요. 불알친구 한 놈도 그러다가 같이 피 볼 뻔했어요. 우정 다 깨지고, 저도 징계 받을 뻔하고. 물론 어떻게 잘해보면 안 되는 것도 아니에요. 하지만 지금은 아니에요. 내가 어떻게 되길 바라세요? 벌써 한 차수 승진이 늦어졌어요. 내가 모질지를 못해서 이 부탁 저 부탁 들어주다 보니. 일단 형수님하고 상의를 해봐요. 그리고 주변 분들하고도 해보구요. 그러고 나서 나한테 오셔도 돼요. 아마 다들 말릴 거예요."

"응, 리스닝 룸은 컨테이너가 좋아. 무슨 갑부도 아니고 어떻게 따로 집을 사고 건물을 짓나. 지하실이 없으면 마당에 컨테이너 한 채 들여놓고 거기 리스닝 룸을 꾸미는 거야. 소박하게 살아. 그리고 그럴 마당도 없으면 꿈을 접어야지. 나는 마당에 들여놨어. 컨테이너야 튜너 값도 안 되는 거니, 식구들 잔소리 듣는 거에 비하면 거저지. 부부싸움 하고 갈 데 없으면 거기 처박혀서 바흐 칸타타 전집을 듣는 거야. 그거 일주일을 들어도 다 못 들어. 바흐라는 사람이 평생에 걸쳐 쓴 건데 어떻게 하루 이틀에 다 듣나? 어쨌든 퇴근해서 밥만 먹고 나와서 컨테이너에 처박혀 잘 시간 될 때까지 그러고 있는 거야. 일주일은 금방 가지. 마눌님 얼굴은 그때 보면 돼."

"한 번쯤 해보는 것도 괜찮아요. 수업료만 있으면. 한 오백? 학원 다닌다 치고 객장에 드나들면서 사람들도 사귀고 세상 물정 돌아가는 것도 배우고. 버려야죠. 그 돈은 그냥 버리는 거예요. 본전 생각하다 보면 정말 도박이 돼버리니까 처음에 아예 작정을 해요. 없는 돈이다. 그리고 다 까먹으면 깨끗이 손 터는 거예요. 난 허락 맡고 했어요. 이이가 그러라고 했어요. 좀 오래 즐기고 싶으면 아껴서 투자하면 되고. 뭐 어때? 고스톱 치는 것보다야 낫지."

열두 시가 되어서야 형이 있던 자리가 파했다. 나는 담배를 물고 밖으로 나가는 형을 쫓아 자리에서 일어섰다.

"이제 좀 한가해?"

"뭐냐?"

"그냥. 애들이랑 형수님은 잘 지내?"

형은 아까 인사 안 했냐, 하는 말로 답을 대신했다.

나는 이런저런 얘기 끝에 사촌 형이 어떻게 된 거냐고 물었다. 형은 교통사고라고 했다.

"교통사고?"

"응."

내가 왜 그 말에 놀랐는지 알 수가 없었다. 뭔가 색다른 얘기를 듣고 싶었나. 나는 어떻게? 하고 다시 물었고, 형은 자세한 건 모르지만 열차에 받힌 것 같다고 했다. 낚시 간다고 해서 일찍 차 몰고 나갔는데 정오쯤에 경찰한테서 전화가 왔다고 했다. 철도 건널목을 건너다가 열차에 치였다고.

형은 침을 퉤 뱉으며 덧붙였다.

"왜, 싱겁냐?"

집에 돌아와 보니 베란다가 비어 있었다. 나는 인형을 큰 소리로 불렀다. 방에서 소리가 났다. 들어가 보니 바닥에 쪼그리고 앉아 라디오를 틀어놓고 있었다.

오늘 저녁에 삼겹살이나 먹을까?

장례식은 어땠어?

장례식 같았어.

나는 욕조에 더운물을 받아놓고 오후가 다 가도록 잠을 잤다.

우리는 베란다에 방석을 깔고 맥주와 삼겹살로 상을 차렸다. 인형은 사촌 형이 어떻게 죽었냐고 물었고 나

는 교통사고라고 답했다. 그녀는 어떤 교통사고냐고도
묻지 않았다. 그래서 나는 형처럼 왜 싱거워? 하고 짓궂
게 되물을 수도 없었다. 그녀는 내가 세 점을 먹는 동안
한 점도 다 삼키질 못해 입을 오물거리고 있었다.

우리는 얼굴이 붉어졌다. 프라이팬이 있던 자리에는
땅콩 접시가 놓여 있었다. 밤이었지만, 그리고 베란다
에도 거실에도 불을 켜지 않았지만, 서로의 표정을 확
인할 수 있을 만큼 베란다는 어둡지 않았다. 건너편 아
파트들과 가로등들이 내는 불빛들이 우리가 앉은 베란
다를 엷게나마 밝혀주고 있었다. 우리, 너무 오랫동안
같이 살지 않았어? 너무 오랫동안이야, 참 오랫동안이
야? 참 오랫동안이라고 하고 싶지만, 어쩐지 너무 오랫
동안이라고 해야 할 것만 같아. 그녀는 캔을 살짝 기울
여 맥주가 흘러나오게 한 다음 혀끝으로 가장자리에 고
인 맥주를 조금씩 핥아 먹었다.

이제야 우리가 붙어 있다는 느낌이 드는구나. 응? 인
형은 내 허벅지에 몸을 눕히고 눈을 감았다. 이렇게 해
야 겨우 가까운 사이인 듯이 생각된다고. 그녀는 눈을
감은 채 중얼거렸다. 전에는 안 그랬지. 우리가 학교에
들어가기도 전엔. 그리고 아직 나 이외에 다른 세상은

없었을 때. 그때 우리가 뭘? 그녀는 손가락 하나를 펴 내 목에 간지럼을 태웠다. 그때는 이렇게 살을 맞대고 있지 않아도 우리는 충분히 가까운 사이였다고. 우리는 함께였어, 한 세상에서 살았고 그 세상을 같이 가졌지.

난 무슨 소린지 모르겠어. 외롭다는 거야? 내가 외출하고 없으면?

나는 한숨 끝에 묻어 나오는 작은 목소리로 물었다.

쓸데없어. 잊어버려.

인형은 나보다 더 큰 한숨을 쉬었다.

대체 어느 순간부터 우리의 황혼이 색이 바래기 시작했을까? 네가 중학교에 들어가고부터? 아르바이트하며 세상 물정을 익히기 시작했을 때부터? 시답잖은 뽕짝 가사 나부랭이를 쓰기 시작하면서부터?

그날 밤에, 아니면 새벽에, 나는 꿈을 꿨다. 어쩐지 종로 3가 같았다. 몸이 솟구치고 있었다. 발아래로 시커먼 구멍이 보였고 충계처럼 주름진 혓바닥이 날름거리고 있었다. 살갗이 땀 탓인지 침 탓인지 불쾌하게 끈끈했다. 확실히 불쾌했다. 그런 데다가 몸은 둔했고 무거웠다. 그럼에도 솟구치고 있었다. 공중에 뜬 채로, 버거운 몸을 가누지 못하고 뒤뚱거렸다. 분진들이 소용돌이처럼 거리를 휘감아 돌고 있었다. 침울하고 음침한 소용돌이였고, 손가락을 갖다 대면 갈아버릴 듯 사나운 소용돌이였다. 그것들은 또 포자를 날리는 거무튀튀한 버섯들 같기도 했다. 그것들은 빌딩 옥상들마다 몇 개씩 들러붙어서 뿌리까지 흔들고 있었다. 거리는 사람 그림자 하나 없이 적막했다. 온전히 제 모습을 갖추고 있는 건 서울극장의 간판뿐이었다. 걸려 있는 영화는 팔십 년대의 무슨 한국영화였다. 안소영의 벗은 가슴을 한 남자가 뒤에서 애무하고 있었다. 점포들에도 차량들에도 사람은 없었다. 불쾌한 감정에 더해서, 존재가 거기 홀로 유영하고 있다는 사실 자체가 민망했다. 거리 사방에서 쏟아져 달려드는 적막한 소용돌이들이 가슴팍을 짓밟고 지나가고 있었다.

김실장이 개별 미팅 일정이 잡혔다고 연락했다. 녹음 진행을 보며 한두 사람씩 수시로 불러 검토하겠다는 얘기였다. 나는 약속을 잡아 스튜디오로 갔다. 내게 곡을 준 작곡가와 엔지니어, 김실장이 먼저 와 있었다. 가수와 편곡 담당은 없었다. 나는 곡에 맞춰 다듬은 가사를 김실장에게 주곤 지난번 원고로 녹음했던 노래를 시청하기로 했다.

"가수는 어딨어요?"

"걘 바빠."

이 시간이면 학교에 있을 것이었다. 아무래도 상관없었다. 실은 원고만 건네주고 돌아와 버려도 상관없는 자리였다.

"이문세 5집 있잖아. 〈붉은 노을〉 있는 거."

"네."

"가수는 그게 자꾸 좋대. 그런 게 나왔으면 좋겠대. 어쩌냐?"

김실장의 말에 모두가 실소를 터뜨렸다. 이문세 5집이 나빠서 그런 게 아니었다.

"그 아이가 그때 초등학교나 졸업했대요? 들어본 적도 없을 텐데."

"들어는 봤겠지."

"그 나이에 그 음색이며 그 감정 표현을 어떻게 뽑아?"

김실장도 난처한 모양이었다. 가수가 물주이면 되지도 않을 고집을 피우게 마련이었다. 일단 진행해보지,

하고 그는 데모를 틀게 했다.

　연주 파트도 어레인지도 제대로 이뤄지지 않은 데모였다. 김실장은 미팅을 진행하면서 이미 닳도록 들어 딴생각에 딴짓을 하고 있었다. 시청이 끝난 다음 김실장은 가사와 곡 소절들을 하나하나씩 뜯어가며 자기 의견을 냈다. 이 부분에선 곡 밸런스가 안 맞는다든지, 이 부분에선 곡이 흐트러지니 단어를 바꾸어야 한다든지 하는 지적들이었다. 일리 있는 지적들이었고, 별 설득력이 없어도 우리는 그냥 그러마 했다. 그는 뽕짝 전문이라는 세간의 평이 마음에 걸리는지, 사랑이니 이별이니 남자, 여자 같은 단어가 등장하는 횟수를 가능한 한 줄이고 싶어 했다. 우리는 지적된 곳들을 체크하면서 데모를 한 번 더 들었다.

　"목소리가 특이하네요."

　내가 말했다. 작곡가도 옆에서 그렇게 말이야, 했다.

　"이문세하곤 전혀 안 어울리지?"

　김실장은 이문세 5집이 마음에 걸리는 모양이었다. 하지만 나는 그런 뜻이 아니었다. 나는 여자아이의 목소리를 적절히 표현할 만한 악기 이름을 찾고 있었다. 장르가 뽕짝이었다면 사람 이름을 찾았을 것이었다. 하지만 이 신인 가수는 좀 달랐다.

"실내악단이 있다면 구석에 악기 대신 세워놓아도 좋을 것 같아."

내 얘기에 다들 뜨악한 표정들이었다. 그래도 이문세 5집 이야기보다는 덜 웃기지 않는가.

"잠깐만. 무슨 얘긴진 알겠는데……."

작곡가도 특이한 뭔가를 느낀 모양이었다.

"그냥 낯설어서 그런 거야."

나는 손뼉을 한 번 치곤 다음을 진행하자고 했다. 분명한 건 가수의 인상과 목소리가 잘 매칭이 되지 않는다는 것이었다. 어째서 그런 느낌이 드는지는 알 수 없었다. 음반이 나오는 것과 함께 그 아이가 무대에 등장했을 때, 사람들이 어떤 표정을 지을지. 뭐야, 이건 너무 어리잖아, 겨우 애였잖아.

일은 일곱 시에 끝났다. 엔지니어와 작곡가는 돌아갔다. 내가 더 있고 싶다고 하자 김실장은 그러라고 했다. 우리는 자장면과 탕수육을 시켰다. 우리는 그 여고생 신인에 대한 얘기는 한마디도 하지 않았다.

그릇이 비기 시작했을 때 나는 올빼미 농장 이야기를 꺼냈다. 김실장은 근래에 내가 만나고 있는 사람들 중 여행을 가장 많이 다니는 사람이었다. 평계는 지방의 클럽 가수들을 발굴한다는 것이었지만 내가 보기엔 그 저 떠돌아다니는 것을 즐기는 사람이었다. 이십 대 초반 부터 그 일을 했다고 하니, 지금 나이쯤이면 카바레와 나이트클럽이 있는 지방 소도시라면 거의 가봤을 것이 었다. 그를 만나 농장 이야기를 할 생각은 없었는데 옷 을 갈아입으며 문득 정신을 차려보니, 희한하게도 올빼 미 농장발 편지 두 통을 챙겨 주머니에 넣고 있었다.

죽은 올빼미 농장이라는 이름의 농장이 고성 근처에 있는 것 같다. 주소도 확실한 것 같다. 저번에 호기심에 찾아보려고 여행을 갔었다. 그런데 찾아가 보니 벌판뿐 이었다. 귀신이 곡할 노릇 같다. 흔적이라곤 흙에 묻힌 빨간 다라이뿐이었다······. 김실장은 무슨 잠꼬대인가 하는 표정으로 날 바라보았다.

"내가 고성 쪽에도 좀 가봤지."

"그래요?"

김실장은 잠시 생각에 잠겨 있는 듯하더니 어떤 카 바레 이름을 둘 댔다. 기억나는 건 그 카바레 둘뿐이라 고 했다.

"다른 덴 안 가봤어."

나는 내가 궁금한 건 카바레가 아니라고 했다. 나는 다시 편지가 처음 우편함에 넣어져 있었을 때부터 찬찬히 설명했다. 그러곤 그가 다시 카바레 얘기로 돌아올까 봐 이렇게 정리했다. 편지가 최근까지도 오갈 수 있는 주소지가 어떻게 벌판일 수 있는지. 사람 사는 흔적은 아무것도 없는 벌판에서 어떻게 편지가 발신될 수 있는지.

"그 벌판 주소가 편지 주소랑 같아?"

"읍사무소 직원이 그렇대요."

"백 퍼센트 확실하냐고?"

나는 대답을 못 했다. 백 퍼센트 확실한지 나는 알 수가 없었다. 설사 벌판 앞 푯말에 주소가 적혀 있었더라도 단 일 퍼센트라도 틀릴 가능성은 있었다. 그제야 나는 김실장이 내게 무엇을 말하고 있는지 알았다. 가서 주소가 맞는지 직접 확인해보라는 것이었다. 궁금해서 속을 태우는 짓은 그다음에 해도 늦지 않는다. 무슨 수로 백 퍼센트 확신이 들 때까지 주소를 확인할지 잠시 막막했지만 기분은 나아졌다. 실마리의 한끝이 풀린 듯했다.

김실장은 전화번호를 하나 적어주었다. 고성에 있

다는 카바레 전화번호였다. 그곳 토박이인 업주를 한번 찾아가 보라는 얘기였다.

우리는 차를 마셨다. 김실장은 사적인 얘기는 거의 하지 않는 사람이었다. 계약 이행 같은 프로덕션 일에는 한 시간이라도 재우쳐댈 사람이지만, 자기 일에 대해서는 가끔 한두 마디 지나가듯 말할 뿐이었다. 어머니가 돌아가셨을 때도 이따 스튜디오로 나와, 하는 식으로 어머니가 돌아가셨어, 병원은 어디야, 라고 툭 던져놓듯 했던 사람이었다. 그는 언젠가, 자기 얘기를 자꾸 하면 나 같은 그와 계약 관계가 있는 사람들이 신경을 쓰고 눈치를 보게 된다고 했다.

그런 김실장이 손자 얘기를 꺼냈다. 내가 자리에서 막 일어나려는 참이었다.

"걔, 요즘 무슨 일 있나?"

나는 김실장이 들볶는다고 불평을 늘어놓던 손자를 떠올렸다.

"말이 많을 때잖아요. 아직 철이 덜 들어서 그래요."

"넌 또 무슨 얘기야?"

김실장은 손자가 자꾸 돈을 당겨달라고, 돈을 더 달라고 한다고 했다. 잔금 얘기였다. 그는 일어나는 내게,

손자가 만약 다른 스튜디오 일까지 두 탕을 뛰고 있으면 잘라버리겠다고 했다. 탁자에 올려놓은 손가락에 힘이 들어가 있었다. 그는 집안에 무슨 일이 있는 건 아니냐고 했다. 나는 그럴 일은 없지 않겠느냐고 했다. 하나 있는 아들이 그 꼴을 하고 다녀서 의절한 지 몇 년 된 것으로 알고 있다고 했다. 나는 한번 물어볼 테니 잊어버리고 있으라고 했다.

"가수가 네 가사를 좋아하더라고."

김실장이 나가는 내게 깜빡 잊고 있었다는 투로 말했다.

일요일이었다. 일은 별로 남아 있지 않았고 나는 긴장이 풀어져 있었다. 느지막이 일어나 소변을 보러 가는데 인형이 욕실 앞에 서 있었다. 미간이 얇게 구겨져 있었다. 두 볼이 벌겋게 부어올라 있었다.

뭐 하는 거야?

나는 어제 아무 데도 나가지 않았다. 인형도 종일 거실에 앉아 케이블 방송을 봤다.

그렇게 노려본다고 해서 없는 털이 나진 않아.

인형은 옆으로 비키더니 내가 들어가서 문을 닫을

때까지 꼼짝 않고 내 가슴팍을 노려봤다.

들샘이 기억에서 지워지지 않아.

점심을 먹는데 인형이 말했다. 들샘은 우리가 찾았던 벌판 앞에 있던, 잡흙으로 메워진 구덩이였다. 우리는 거길 올빼미 농장이라고 믿고 찾았었다.

편지에 들샘 얘기가 나왔었어?

나는 편지 내용을 떠올렸다. 들샘 얘기는 없었다. 수십 번은 더 읽었으니 없는 건 틀림없었다. 인형은 거기가 만약 농장이었다면 들샘이 말라버려 떠난 것이 아니겠느냐고 했다. 수원이 고갈됐다면 뭘 기르든, 뭘 키우든 불가능했을 것이라고 했다. 그래서 버리고 떠난 것이 아니냐고 했다. 나는 멀리서 물을 끌어오든가 산 밑에 지하수를 파면 된다고 했다.

그게 언제 말랐을까?

그게 언제부터 궁금했어?

지난 여행 이후로 인형이 농장 얘기를 먼저 꺼낸 건 처음이었다. 나는 그녀가 관심이 없는 줄 알았다. 나는 며칠 전 김실장이 들려주었던 얘기를 했다. 그건 어쩌면 올빼미 농장이 아니었는지도 몰라. 어쩌면 옆 주소였는지도 모르고, 읍사무소 직원의 착오였는지도 모르고, 결정적으로 편지에 쓰인 그 주소가 애당초 틀린 것이었는지도 몰라. 어디 주소지에서 그 엄마와 아들이 잘살고 있는 것인지도 몰라. 그리고 잘 봐. 어쩌면 그 편지들 자체가 있지도 않은 것인지도 몰라.

그래?

그래.

하지만 그건 내 내밀한 바람이었다. 편지는 있었다. 그것도 언제든 꺼내 볼 수 있게 내 책상 서랍에 들어 있었다. 근래에 자꾸 만지작거리다 보니 구겨지고 얼룩도 묻고 그랬다. 손때까지 묻었으니, 이젠 그 실체를 부정할 수가 없었다. 그 편지들은 내 물건이 됐다.

인형은 꿈 얘기를 했다. 믿기 어려운 일이지만, 그녀는 인생의 삼분의 일은 잠을 잤다. 그리고 그 잠 시간의 다시 삼분의 일은 꿈을 꿨다. 베란다에 나앉아 있을 때도 그녀는 졸다가 깼다가 잠들었다가 다시 깼다가를 반복했다. 그녀의 꿈은 보이는 꿈이었고, 저장되는 꿈이었고, 그래서 아무 때라도 기억해낼 수 있는 꿈이었다. 나는 어떻게 그럴 수 있는지 알 수가 없었다. 그런 꿈은 내 경우엔 한 달에 한 번이나 꿀까 말까였다.

인형이 말하길, 자기가 들샘에서 수영을 했다고 했

다. 들샘에 물이 가득 차 있었고, 그 물은 흙모래처럼 까슬까슬한 질감을 갖고 있었다고 했다. 때론 돌덩이처럼 덩어리가 진 물도 있었다고 했다. 그래서 손으로 쥐어 멀리 던질 수도 있었고, 바닥까지 발이 닿지 않아도 빠져 죽을 염려가 없었다고 했다. 물장구를 치다가 문득 체머리를 떨고 보니 사위가 다 옥수수밭이었다고 했다. 어디서 소 울음소리가 들렸는데, 밭 한편이 차츰 허물어지면서 흰 소가 들어섰다고 했다. 기다란 뿔이 초승달처럼 휘어진 소였다고 했다. 다시 체머리를 떨고 보니 한 무리였다고 했다. 큰 놈이 하나, 작은 놈들이 여럿이었다고 했다. 큰 놈은 뿔처럼 기다랗게 울었다고 했다. 그녀를 향해 울었다고 했다.

나는 그 흰 소가 어디서 나왔는지 대충 알고 있었다. 며칠 전 케이블에서 본 다큐멘터리에서 걸어 나온 소들이었다. 남아시아 지방에 분포해 있다는. 그놈들이 브라운관에서 걸어 나와 인형에게 들어간 것이었다.

미치광이들은 원래 꿈을 꾸지 않지.

인형이 야릇한 미소를 흘리며 말했다. 꿈을 꾸는 횟수가 줄어드는 것도 정신이 점점 이상해져가고 있다는 증거야. 나는 내가 겨우 한 달에 한두 번 꿈을 꿀까 말까

한다고 했다. 내가 정신이 이상해져가고 있는 걸까. 차라리 그랬으면. 확 돌아버렸으면.

걱정하지 마, 내가 너 대신 미쳐가고 있잖아.

인형이 말했다.

손자가 사는 분당으로 갔다. 벌이가 시원찮은 것만은 아닌지, 벌써 작업이 가능한 단독주택을 마련해놓고 있었다. 아파트촌에서 차로 오 분가량 빠진 곳이었다. 개발이 되다 말다 한 모양인지 밭이며 주택, 빌라 들이 엉기성기 섞여 있었다.

초인종을 누르자 손자가 슬리퍼를 끌면서 허둥지둥 뛰어나왔다. 스판 셔츠에 헐렁한 반바지 차림이었다. 허리춤은 여미지도 않은 상태였다. 문을 열 때 감귤향 같은 향수내가 강하게 풍겨왔다. 그런 건 여자나 쓰는 것이었다. 남성용 화장수내도 엷게 섞여 있었다.

"너무 이르잖아."

손자가 팔뚝으로 입술을 닦으며 말했다. 입가에 타액이 말라붙었다 떨어진 것 같은 희끄무레한 자국이 있었다.

"한 신데?"

나는 어제 전화를 해서 조만간 가겠다고만 했지, 몇 날 몇 시에 가겠다고는 하지 않았다. 손자가 일이 밀려 있다는 것을 알고 있었기 때문에 아무 때나 가도 집에 있을 거라고 생각했다. 그래도 열 시에 출발한 것이었 다. 그만큼 길이 낯설고 교통이 복잡했다.

"그냥 마당에 있다 갈까?"

나는 손자 손에 과일 바구니를 건네주곤 현관으로 성큼성큼 걸음을 옮겼다. 그는 머리를 긁적이며 뒤에서 머뭇거렸다. 거실로 들어서자 주방에 누군가 있는 게 보였다. 흰 등에 금발 머리였다. 트렁크 팬티만 걸친 채 였다. 그는 돌아서더니 내게 한 손을 들어 보였다. 다른 한 손에는 수프 그릇이 들려 있었다. 내가 거실 소파에 앉아 손자가 들어오길 기다리고 있는 동안, 그 백인 남 자는 수프를 그릇째 들이켜며 버터를 잔뜩 올려놓은 구 운 식빵을 깨물어 먹었다. 그러곤 욕실로 들어갔다.

"놀랐지?"

손자가 일그러진 낯빛으로 내게 말했다. 나는 아니 라고 했다. 다만 근처에 미군 부대가 있느냐고 물었다. 그는 그렇다고 했다. 그는 택시를 불렀다.

손자의 남자친구는 곧 돌아갔다. 그는 집 밖에까지

쫓아 나가며 남자친구를 배웅했다. 나는 그에게 향수는 누가 뿌린 거냐고 물었다. 그는 남자친구가 자기한테 뿌려준 거라고 했다. 자신들은 아기자기한 사이라고 했다. 나는 그가 샤워를 하는 동안 집을 둘러봤다. 단층에 다락이 있는 평범한 주택이었다. 대신 방 하나를 허물고 거실을 넓혀놓은 것이 달랐다. 넓어진 거실에 그는 작업에 필요한 악기와 기계들을 들여놓고 있었다. 이 정도면 이웃에게 싫은 소리를 듣지 않고도 맘껏 소음이 많은 작업을 할 수 있었다. 방은 하나뿐이었다. 침실 침대와 바닥엔 스트링 팬티와 늘어진 콘돔들, 술병들이 흐트러져 있었다. 화장수내와 술내, 시큼한 체액내가 코끝을 찔러왔다.

나는 손자와 일 얘기를 하다가 무슨 일이 있느냐고 넌지시 물어보았다. 그는 무슨 일? 하고 되물었다. 나는 돈이 얽힌 일, 하고 말했다.

"별일 없어. 이 집 이거 비싼 거 아냐. 개발 예정지가 아니라서."

손자는 심상한 투로 말했다. 김실장이 그러더라고 하면 그는 틀림없이 김실장에게로 가 고함을 치고 화를 낼 것이었다. 손자의 낯빛은, 별일 없이 일에만 열중할 수 있는 그런 사람의 낯빛이 아니었다.

"그래?"

나는 거실 바닥에 쭈그리고 앉아 손자의 일을 도와 줬다. 나는 요즘도 타박을 듣느냐고 물었다. 그는 그렇다고 했다. 데모를 듣고 보니 그럴 만도 했다. 청승 처량 맞은 데다 훅이 없는 게 뻔한 기성품 같았다. 조잡한 거야 편곡을 거치면 되지만 기초 자체가 밋밋하면 어떻게 해도 물건이 되지 않았다. 그는 겨우 한 곡만 통과됐다고 했다. 그 곡도 들어 보니 시디에 실리기는 어려워 보였다. 요가 바지에 감귤향 향수를 뿌리고 다니는 애치고는 감각이 기대 이하로 죽어 있었다.

작곡 작사 모두가 가수의 나이를 염두에 두고 곡을 고치고 있었다. 가수는 아직 교복을 입고, 조퇴해야 겨우 노래 부를 수 있는 시간이 나는 십 대 여자아이였다. 내가 감상을 말하자 손자는 애인을 사귀어서 그렇다고 했다. 아까 그 백인을 말하는 것 같았다. 거실 카펫 여기저기에 노란 체모들이 검은 체모들과 뒤섞여 묻어 있었다.

"감정이 고일 새가 없이 다 풀어져버려."

손자는 씁쓸한 표정이었다. 나였다면 애인이 생기면 작업에 도움이 되었을 것이었다. 문제는 손자가 나

같은 남자가 아니라는 것이었다. 애인의 역할이 달랐다. 나는 훼방이 되면 쫓아버리라고 했다. 그는 그걸 말이라고 하냐고 눈을 흘겼다. 저녁으로 손자는 애인한테 배웠다며 해물스파게티를 해줬다. 그다음엔 나란히 소파에 앉아 아홉 시까지 비디오를 봤다.

나는 다음 날 김실장에게 전화를 했다. 그러곤 별일 없다고 하니 잊어버리라고 했다. 그는 벌써 잊었다고 했다.

두 번째 개별 미팅이 있던 다음 날 가수로부터 전화가 왔다. 놀랄 만한 일이었다. 스튜디오 팀이야 자주 만났겠지만 작사 작곡 팀에서 그 아이를 사적으로 만났다는 얘기는 아직 들어본 적이 없었다. 그래서 나는 만나자고 했을 때 망설였다. 그 아이는 김실장이 내가 안전한 사람이라고 하더라는 얘기까지 했다. 안전한 사람이라……. 나는 뭘 가져가면 좋겠냐고 했다. 그러자 그 아이는 어머 선물 사 오시게요? 하고 물었다. 나는 일 얘기를 한 것이었다. 나는 뭘 좋아하느냐고 물었다. 그 아이는 마침 〈이웃집 토토로〉의 피규어를 구하고 있다고 했다. 그 아이는 그걸 어디 가면 살 수 있는지 일러주었다.

그 아이의 집은 양재동의 빌라였다. 부촌으로 심심
찮게 신문이나 잡지에 오르내리는 곳이었다. 월요일 오
후였다. 들어서고 보니 내가 기대했던 것이 무엇이었든
간에, 기대했던 집안 풍경은 아니었다. 눈이 아릴 만치
넓다 싶을 뿐이지, 차려놓은 건 일반 가정집과 달라 보
이지 않았다. 천장을 뜯어내고 설치한 수족관 같은 건
없었다. 다만 가구가, 장식재가 그런 것인지는 알 수 없
었다.

나는 아이에게 피규어 대신 시디 몇 장을 건넸다. 나
는 미안하지만 〈이웃집 토토로〉가 뭔지 모르겠다고 했
다. 아이는 농담도 잘하신다고 했다. 아이는 칵테일이
좋겠냐 차가 좋겠냐 물었고 내가 칵테일이 좋겠다고 하
자 어떤 칵테일이 좋겠냐고 했다. 아이는 바에 가서 얼
음을 갈더니 프라페 칵테일을 만들어 건교자와 함께 내
왔다. 아이는 이름을 말하지 않았다. 어차피 스테이지
네임을 쓸 테니 나중에 그 이름으로 불러달라고 뺏뺏이
고개를 세웠다. 첫 미팅 때 교복에 달린 이름표를 본 것
같은데 기억이 나질 않았다. 교복은 벗어버리고 농구팀
로고가 박힌 셔츠에 슬랙스 바지를 입고 있었다. 우리
는 아이의 방 앞에 딸린 작은 거실로 옮겼다. 오디오 세

트와 노래방 기기, 신시사이저가 오밀조밀 한편을 차지하고 있었다. 직접 꾸민 듯했다. 아이는 나를 앉혀놓곤 오디오에 이문세 5집을 걸었다. 그러곤 마이크를 들고 부르르 몸까지 떨면서 〈가로수 그늘 아래 서면〉을 립싱크로 불렀다. 나를 상대로 무대에 서는 연습을 했다.

"흥미가 있었어요."

아이는 체리콜라를 빨며 우물거렸다. 왜 그런진 알 수 없었지만 그 말에 나는 기분이 상했다. 아이는 내 곁에 바싹 붙어 앉았다. 팔꿈치가 걸리적거렸다.

"아빠가 같이 일하는 사람들하곤 친밀감을 키워야 한다더군요. 차라리 작사 스타일로 곡을 써서 주셨으면 어땠을까 하는 생각도 했어요. 작곡은 안 하시나요?"

나는 그 말에 기분이 더 상했다. 턱 아래 두고 들어보니 전에 느꼈던 아이 목소리의 어떤 특징이 좀 더 잘 느껴졌다. 아이는 약간 붕 떠 있는 듯한 목소리를 냈다. 그 목소리는 몸통을 거치지 않고, 아이 정수리를 둘러싼 허공 어디선가 들려오는 듯한 그런 목소리였다. 노래뿐 아니라 말소리도 고음이 주조였고, 노랠 부를 때와 마찬가지로 엉뚱한 곳에서 나는 듯했다. 목소리는 확실히 그 아이 목울대를 통해 나오는 것이었지만, 어쩐지 그 아이 몸의 것이 아닌 듯했다. 그래서 그 아이를 보고 있자면 내 눈과 귀를 따로 엇갈려 놀려야 할 것 같은 기분이 들었다. 눈은 아이를 향하고 귀는 아이의 정수리 언저리 어디를 향하고. 집중이 되질 않았다. 가성 같은 그런 목소리로 첫 미팅 때 같은 장시간 러닝이 가능하다는건, 새삼 놀라운 일이었다. 어째서 아이의 인상과 목소리 톤이 따로 노는 것 같은지 조금 알 수 있을 것 같았다.

"화내시면 안 돼요. 아저씨 가사로 교내 문학 콩쿠르에 나가서 이등 상을 먹었어요. 물론 시디에 안 실리는 가사로요. 아무도 모를걸요."

나는 화가 났다. 나는 내 가사가 그런 식으로 쓰일 수도 있을 거라곤 상상도 못 해봤다. 아이는 아랑곳없이 이문세 5집 얘기를 꺼냈다. 자기 첫 앨범이 그것과 같은 색깔이 되었으면 한다는 것이었다. 그에 대해선 김실장이며 다른 파트에서 충분히 안 된다는 얘기를 들었을 터였다. 아이는 이것도 인연인데 내가 프로덕션 쪽을 좀 설득해주었으면 한다고 했다. 나는 노력해보겠다고 했다.

아이는 수다를 떨었다. 그 정도 또래의 수다를 듣는 것도 오랜만이었다. 장례식에 가서도 친척 동생들과는 거의 얘기를 해보지 못했다. 부모님은 두 분 다 출장을 갔다고 했다. 월요일엔 가사도우미가 오지 않는다고 했다. 어쩌다 보니 과외도 쉰다고 했다. 그래서 일부러 학교를 조퇴하고 오전부터 집에 와 있는 거라고 했다. 이런 날이 한 달에 하루 이틀 정도 있다고 했다. 아이는 이런 날을 그랜드 크로싱 데이라고 불렀다. 자신을 성가시게 하는 자들이 겹쳐서 사라지는 날이라는 뜻이었다. 나는 나 말고 또 누구를 만나봤느냐고 물었다. 이름을 쭉 댔는데 작곡 작사 파트는 내가 유일했다. 날 부른 건 호기심 때문이었다. 나는 개인 레슨을 받고 싶으면 작곡 파트를 부르지 그랬느냐고 했다. 아이는 레슨 선생은 이미 있다고 했다. 이번 앨범엔 참여하지 않은 사람이라고 했다.

한참 학교 얘기를 늘어놓다가 아이는 노래를 들어보겠냐고 했다. 아이는 스튜디오에서 가져온 반주 테이프를 틀어놓곤 시디에 신기로 잠정적으로 결정 난 곡들을 차례로 불렀다. 조바심이 나는 모양이었다. 아이는 그 또래 가수들의 제스처를 흉내 냈다. 그런 흉내가 아이를 즐겁게 하는 모양이었다. 마이크를 끈 채였는데도 거실 전체가 고음으로 쩌져나갈 듯 울렸다.

하는 양을 보고 있자니 인형이 떠올랐다. 인형의 목소리는 아이의 목소리에 비하면 주파수가 맞지 않아 자글자글거리는 AM 라디오 수준이었다. 인형이 저 정도의 음량을 내려면 손바닥만 한 폐 두 쪽이 바스러지고 터져버릴 것이었다. 아이는 크지도 작지도 않은 키에 가냘프지만 단단한 체형을 하고 있었다. 헝겊으로 속을 채운 듯 두루뭉술한 인형의 체형과는 비할 바가 아니었다. 나는 머리를 흔들어 그런 생각들을 떨어냈다.

"그건 꼭 건강 보균자 같은 거예요."

아이는 섹스 경험이 없다는 것을 그렇게 표현했다.

"언제든 사귈 수도 있고 언제든 할 수도 있지만, 그리고 항상 그렇게 되길 바라지만 그러지는 않는 거예요. 결정적인 순간이 올 때까지 끝없이 미루는 거죠. 그런데 그 끝은 오지 않아요. 수평선은 만질 수 있는 게 아니지요. 대서양 횡단 여객선을 타보셨어요? 자고 나면 수평선에 가닿겠지 했는데, 수평선은 항상 그 자리죠. 닿을 수 있는 건 멍청하게 푹푹 찌기만 하는 섬이거나 항구뿐예요. 할 준비는 항상 돼 있지만 하는 순간은 끝없이 미루는 거죠."

입정이 순한 것 같으면서도 사나운 아이였다. 아이

는 진지했다. 자기가 재작년, 일 학년 때 학생 대표를 했다고 했다. 그러니까 아이는 고삼이었다. 여고인데도 전체 학생의 삼십칠 퍼센트가 성경험을 한 적이 있는 것으로 조사됐다고 했다. 학교에서는 수치스럽다면서 발표도 않고 교장실 캐비닛에 넣어버렸다고 했다. 나는 나 역시 너만 했을 때 그런 일이 있었다고 했다. 하느냐 마느냐, 를 결정해야 하는. 아이는 아저씨 때도 중고생들이 하는 게 이슈였느냐고 했다. 나는 섹스 얘기를 하는 게 아니라고 했다.

거실 옆으로 복도가 교차되는 자리에 커다란 개집이 놓여 있었다. 바닥에 이불도 깔려 있었다. 나는 개를 키우냐고 물었다. 나도 개를 키울 생각을 하고 있었다. 개라면 인형을 알아볼 것 같기도 했다.

"키웠었죠."

눈초리가 약간 구겨지면서 아이가 말했다. 라브라도 레트리버였다고 했다. 아이는, 자길 위해 희생한 영특한 개였다고 했다. 아버지가 출장길에 새 개를 사 올 것이기 때문에 개집을 치우지 않고 그대로 두었다고 했다.

"희생이라니?"

"절 대신해서 발코니에서 목을 매달았죠."

언뜻 이해가 가지 않는 얘기였다. 나는 개가 자살한다는 얘긴 들어본 적이 없었다. 개가 목을 매달 올가미 매듭을 지을 줄 안다는 것은 말할 것도 없었다.

"거짓말이 아니에요."

아이는 나를 작은 거실에 붙은 발코니로 데려갔다. 영화에서나 보아온 대리석 마감의 고풍스러운 발코니였다. 발바닥에 온기가 느껴졌다. 대리석 아래 열선을 깔아 석재 특유의 냉기를 막았다고 했다. 나는 아이가 일러준 대로 발코니에 서서 아래를 내려다보았다. 칠 층이었지만 보통 아파트의 칠 층보다는 훨씬 높아 보였다. 아이는 여기서 목을 매달았다고 했다.

"개가?"

"스카가요. 밤중에 그런 모양인데, 아침에 난리가 났죠. 아래층에서 꼬마애가 머리를 빗다 창밖에 스카 꼬리가 흔들리고 있는 걸 보곤 경기를 일으켰대요. 우리 집에 쫓아오고 난리가 났죠. 경찰도 왔었던가?"

아이의 눈엔 장난기가 전혀 없었다. 아까 수평선 얘기를 할 때나 마찬가지였다.

나는 발코니에 손을 짚은 채 멍하니 있다가 문득 떠오르는 게 있어 아이에게 물었다.

"너희 집에서 개가 자살한 게 그게 처음이니?"

"구파발 집에서도 그랬죠. 그땐 스패니엘이었는
데⋯⋯."

아이는 슬픈 듯 말꼬리를 흐렸다.

인형은 열 시가 넘어서도 잠을 자고 있었다. 나는 그
녀의 뺨에 대고 더운 숨을 쉬었다. 그녀는 가볍게 어깨
를 들썩이더니 실눈을 떴다. 나 잠깐 고성에 좀 다녀올
게. 아침은 차려놨어. 그녀는 알았다고 귀찮다는 투로
손사래를 쳤다. 계획된 건 아니고, 바람도 쐴 겸 고성에
한번 가볼 생각이 든 것이었다. 김실장이 말한 카바레
에 들러볼 생각이었다. 약속은 어제 잡아두었다. 나는
늦어도 열두 시까진 돌아올 것이라고 했다.

스튜디오에 잠깐 들렀다가 고성으로 갔다. 빨리 달
렸다 싶은데도 도착하니 세 시가 넘어 있었다. 날 맞은
건 진동하는 악취였다. 벽지, 환기 팬, 아직 치우지 않은
테이블, 카펫, 의자의 쿠션, 화장실 변기, 주방. 짐작할
수 있는 모든 곳에서 뒤섞여 뿜어져 나오는 악취였다.
그것들이 출입문을 열자 출구를 찾은 듯 내 쪽으로 몰
려들었다. 인기척이 나자 기숙하는 듯한 아이가 트레이

닝복 차림으로 부스스한 머리를 긁적이며 나왔다. 나는
어제 약속을 했는데 사장님 계시냐고 했다. 아이는 별
말 없이 나를 사무실로 안내했다.

"가물가물해."

"예."

"김해식이 그 친구, 언제 날 알았덜가? 그래, 잘 있기
는 하고?"

사장이 나타난 건 네 시 가까이 되어서였다. 감색 낡
은 양복 차림에 살집이 좋고, 낯빛이 검은 반백의 사내
였다. 가슴엔 금배지를 달고 있었다. 나는 김해식이 아
니라 김해두라고 했다. 그는 말할 때마다 입술을 얇게
찌그러뜨리는 버릇이 있었다. 그는 요즘 장사가 안 돼,
애들이 딴 주머니를 찬 것 같아, 어쩌고 하며 수다를 떨
었다. 그러면서 간간이 김실장의 근황을 물었다. 내 용
무는 묻지도 않았다. 사무실엔 손님이 끊이질 않았다.
겨우겨우 내 차례가 된 건 하루 영업이 막 시작된 다음
이었다. 사장은 주방에 당근 수프를 가져오라고 했다.
나는 사양했다.

"그래, 이 지방에 대해서 알고 싶은 게 있다고? 땅이
라도 사시게?"

사장이 수프를 먹는 동안 나는 빵을 조금 집어 먹었다.

"농장에 대해 여쭙겠다고 했지요."

사장은 아 그렇지, 했다. 나는 빨리 말을 이었다. 지난 몇 달간 이렇게 저렇게 수차례나 반복했던 얘기였다. 나는 몇 달 전 이곳으로 여행 왔던 일부터 꺼냈다. 그러곤 편지 얘기로 돌아갔다가 다시 농장 얘기로 갔다.

"내가 좀 볼 수 있어?"

사장은 편지를 보자고 했다. 이번에도 편지는 재킷 속주머니에 들어 있었다. 신경 쓰지 않아도 이번에도 그 자리에 들어 있었다. 그는 착 가라앉은 표정으로 편지를 위아래로 몇 번이나 훑었다.

"여긴 내가 알아."

사장이 편지 겉봉을 흔들며 말했다.

"아, 그러세요?"

사장은 근데 여기를 왜 궁금해하나, 하고 물었다. 나는 약간 당황했다. 지금껏 그렇게 물어온 사람도 없었고, 나도 그렇게까지는 따져보지 않아서였다. 나는 잠시 머뭇거리다가, 처음엔 그저 편지를 돌려주자는 단순한 생각에서 시작된 일이었다고 했다. 그러다가 어느덧

풀 길 없는 수수께끼가 되었고 결국 사장님 앞까지 오게 되었다고 했다.

"그건 못 돌려줘."

사장이 편지를 건네주며 말했다. 그는 그 주소지에 농장이 있긴 했지만, 돌려줄 수는 없을 거라고 했다. 그는 자기 집안 내력을 짤막하게 얘기했다. 이 고장 붙박이의 말을 신뢰하란 뜻이었다. 그는 농장이 있긴 했지만 없어진 지 오래라고 했다. 들샘이 마른 건 농장이 망한 다음 관리할 사람이 없어서 그랬을 거라고 했다.

"올빼미 농장이 아니라, 고성 흰배 까치 농장인가 그랬어. 까치는 길조 아닌가."

나는 그 농장이 언제 없어졌느냐고 물었다. 사장은 자기가 대학을 졸업하고 막 귀향했을 때였다고 했다. 그러니 족히 삼십 년은 된 얘기였다.

"그 편지가 어떻게 나왔는지는 모르겠지만, 여자는 기억나. 젊은 나이에 혼자 돼선 젖먹이들을 키우고 있었지. 사는 게 어찌나 끔찍했는지 그 나이에 머리가 하얗게 셌어. 편지에도 여자가 나오지?"

사장은 그 터는 워낙 토질이 나쁜 데다 마을 도로하고도 멀리 떨어져 있어, 그냥 그렇게 놀리고 있다고 했다. 어딘가에 토지 주인이 있긴 할 거라고 했다. 뭣하면 토지대장이나 등기부 등본을 한번 떼어보라고 했다. 그가 아는 것은 거기까지였다. 소득이 있긴 했다. 그 주소지에 농장이 있었으며, 농장 이름은 고성 흰배 까치 농장이고, 여자와 젖먹이들이 살고 있었다는.

"나도 궁금하군. 그 편지가 어떻게 나왔을까. 여자가 그 여자라면 아직 살고 있다는 말인가?"

다시 한 번 올빼미 농장은 공중에 떠버렸다. 읍사무소 직원과 사장이 확인해준 것처럼 그 주소지에는 농장이 있었지만, 올빼미 농장은 아니었다.

곧 사장의 친구들이 와서 화투판을 벌이기 시작했기 때문에 나는 인사도 하는 둥 마는 둥 하고 사무실을 나와야 했다.

카바레는 조명도 다 켜지 않고 있었다. 무대와 손님들이 앉은 자리에만 띄엄띄엄 불이 들어와 있었다. 웨이터 몇이 하릴없이 벽에 등을 기대고 서 있었다. 문을 닫게 생긴 업소의 광경이 어떤지는 이따금 보아와서 알고 있었다. 그런 업소는, 들어서자마자 무엇에 짓눌린 듯 미간이 절로 찌푸려진다. 나라도 좀 앉아 귀동냥 값이라도 해야 하나 하는 생각에 잠시 머뭇거렸다. 나오면서 돌아보니 무대에 반짝이 드레스를 걸친 여자가 나와 마이크를 만지고 있었다. 리허설이거나 자리가 더 차기를 기다리는 듯했다.

아파트먼트 키즈

그리 멀지 않은 거리였기 때문에 나는 전에 묵었던 모텔에 다시 들렀다. 차를 탄 채로 잠깐 스쳐 지나가 보는 것이었다. 속도를 줄이고 모텔 앞을 지나는데, 건너편 차선 너머 논둑에서 흐느적흐느적 누군가 걸어 올라오는 게 보였다. 수건을 머리에 동여매고 몸뻬에 셔츠를 걸친, 등이 바싹 휜 여자였다. 동여맨 수건 아래로 허옇게 센 머리채가 드러나 있었다. 얼굴도 그처럼 허옇고, 그 위에 버짐이 앉은 것처럼 흰 얼룩들이 져 있었다.

여자는 차로 위로 무언가를 끌어 올리기 위해 애를 쓰고 있었다. 천 보자기에 싼 커다란 어떤 것이었다. 여자가 흐느적거리는 듯 보인 것도 그 탓이었다. 여자는 두 팔과 두 다리를 펄떡거리면서 차로로 올라서기 위해 안간힘을 쓰고 있었다.

나는 곧 그곳을 지나쳤다. 사이드미러에, 여자의 보자기에서 길쭉하고 시퍼런 채소 같은 것들 몇 개가 굴러떨어지는 것이 비쳤다.

나는 농장 얘기를 인형에게 해주었다. 고성 카바레에서 알게 된 거라고 했다. 그녀는 흥미를 보였다. 꿈에 나타난 들샘 탓이었다. 하긴 나한테도 그랬다. 그녀는 들샘에 자꾸 신비로운 의미 같은 걸 덧씌우려고 했다. 그녀에겐 처음 본 신기한 풍물이었다. 나는 옥수수밭에 둘러싸여 흰 소 가족이 걸어 다니는 그런 들샘은 우리나라에 없다고 했다. 우리가 본 들샘이 그리된 건, 농장이 망한 다음 관리해줄 사람이 없어 자연히 그리된 것이라고 했다.

그럼, 사람들이 들샘을 죽였네?

인형은 잡지 페이지를 신경질적으로 넘기며 히스테리컬한 소리를 냈다.

누가 죽였을까? 죽였으니 살려내는 것도 그이들의 몫이지.

그걸 어떻게 살려내?

나는 어이가 없다는 투로 그렇게 말했다. 그러곤 다시 나긋나긋, 아마 주인이 있을 테고 쌓인 흙을 퍼내고 손질 좀 해주면 다시 샘이 나올 거라고 했다.

거기 있던 농장은 원래 흰배 까치 농장이래. 올빼미 농장, 그런 건 없다고. 상황 종료.

뭐가 종료야?

응?

편지를 읽어봐. 뭐라고 쓰여 있는지.

나는 인형이 왜 그러는지 알 수가 없었다. 애초에 그녀는 별 흥미도 없었다. 농장에 다녀오고 나서도 그랬다. 농장과 편지들에 집착 비슷한 것을 한 것은 나였다. 이제 내가 그 골치 아픈 것들을 떼어버리려 하자, 그녀가 나서서 발목을 잡아당기고 있었다.

편지를 읽어보라니까.

편지는 외웠어. 뭘 말하고 싶은 건데.

이름을 바꾼 걸 거야! 아들이 올빼미 농장이라고 이름을 지었다는 구절이 나오잖아. 죽은 올빼미 농장이라고! 그래서 그 애 엄마가 잘못 소문을 내고 다닌다며 푸념을 늘어놓잖아! 나는 머리가 나빠 무슨 얘기인지 잘 모르겠다고 했다. 그러자 인형은 뭐가 어렵냐고, 편지에 나온 그대로 이해하면 되지 않겠냐고 했다. 공중에 떠버렸던 죽은 올빼미 농장이 다시 슬그머니, 내 마음의 바닥으로 둔중하니 내려앉는 순간이었다.

그 일로, 다툰 것도 아닌데 나와 인형은 이상하게 감정이 틀어져버렸다. 그녀는 다시 베란다에 처박혔다. 나는 다음 미팅까진 일이 거의 없었기 때문에 그러한 그녀가 더 신경이 쓰였다. 그녀가 바라는 게 뭔가. 포클레인 같은 중장비를 빌려, 들샘을 파내고 다시 물이 흘러넘치게 하는 것? 아니면 내가 이 나온 곳도 없고 들어갈 곳도 없는 편지 두 통을 들고 다시 낯선 장소와 사람들 사이를 헤매는 것?

나는 실수처럼 그 편지들을 들고 들어왔고 뜯어 읽어봤다. 그러지 말았어야 했다. 그 편지 두 통을 뜯는 순간, 바로 그 순간, 내 힘으론 해결할 길이 없는 다른 어떤 무엇이 열린 것일 수도 있었다. 다른 어떤 무엇, 다른 어떤 세계, 그 세계의 풀 길 없는 어떤 난센스들, 그런 어떤 것들이. 그저 우편함에서 편지 두 통을 꺼낸 것뿐이라고 생각했는데, 지금 와서 보니 그 침침한 우편함

너머로 헤아릴 길이 없는 다른 어떤 세계가 보이지 않는 어떤 고리 같은 것에 의해 줄줄이 꿰어져 있었던 것이다. 그래서 편지 두 통을 잡아당긴 지금, 그 딸려 끌려나온 다른 것들까지 처치 곤란한 상태로 널리고 쌓여 있게 되었다.

편지만 생각하면 골치가 아팠다. 편지를 태워버린다 하더라도 재가 되어 날아가건 말건, 그 내용들은 고스란히 나와 인형에게, 오래는 아니더라도 당분간은 의뭉스럽게, 곤혹스러운 채로 남아 있게 될 것이었다. 게다가 인형은 당장에라도 들샘을 파낼 기세로 죽었네, 살렸네 하고 있지 않은가.

나, 나갈게.

나는 간단하게 속옷가지와 셔츠 따위를 챙겨선 외박 준비를 했다.

언제 올 건데?

너한테 달렸지. 며칠이면 베란다에서 나올 수 있겠어? 삼 일이면 돼?

아마 그쯤이면.

인형은 베란다 창을 닫아달라고 하곤 고개를 돌렸다.

민이 사는 암사동 아파트촌으로 갔다. 나는 민의 아파트를 찾을 때 먼저 전화를 해본 적이 없었다. 그녀는 십 년 전 우리가 같은 학교에 다닐 때도, 오 년 전 아파트 상가에 그녀가 피아노 학원을 차려 개업식을 했을 때도, 그리고 그 사이사이 내가 무슨 골치 아픈 일이 있거나 평소에 만나는 사람들한테 진력이 났거나 해서 무작정 찾아가곤 했을 때도, 변함없이 그 주소, 그 아파트에 살고 있었다. 전화번호가 있었지만 거의 쓸 일이 없었다. 그녀는 한적한 아파트촌 한가운데 자리한 정자나무처럼 거기 있었고 그래서 찾아가기만 하면 그 그늘에서 나는 쉴 수 있었다.

나는 민의 아파트 앞 층계에 앉아 피아노 학원이 끝나기를 기다렸다. 들어오며 보니 학원 창문 커튼 새로 아이들의 머리가 어른거리고 있었다. 그녀는 일곱 시에 학원 문을 닫고 저녁을 먹으러 집으로 온다.

"웬일이야?"

누군가 내 구두 끝을 지그시 밟고 있었다. 나는 졸고 있었다.

"이사 안 갔네."

"그럼."

민은 작년에 보았을 때보다 약간 더 늙어 보였다. 그녀는 피아노 학원을 차린 다음부터는 화장을 거의 하지 않았다. 아이들한테는 좀 나이 들어 보이는 게 가르치기 편하다는 이유였다. 그래서 그녀를 볼 때마다, 우리가 나이 먹고 늙어간다는 게 확연히 느껴지곤 했다.

"오늘은 외식을 할까 했어. 가만. 장을 좀 볼까? 찬이 부족할 텐데."

"그냥 가지. 나중에 피자나 시키면 되잖아."

상차림이 빈약하긴 했다. 반찬통을 박박 긁어 내온 김치 몇 조각, 나물 두 접시, 포장 김이 다였다. 혼자 사는 여자인 데다 워낙 끼니를 잘 챙겨 먹지 않아 늘 그랬다. 냉장고도 겨우 내 허리에 오는 작은 것을 쓰고 있었다.

"요즘도 생활이 칼 같아?"

"응. 그놈의 칼은 무뎌지지도 않아."

민은 시간별 생활계획표를 머릿속에 프로그래밍해 놓은 듯이 살았다. 다섯 시 기상, 조깅, 여덟 시 아침 식사, 열 시 피아노 학원 출근, 일곱 시나 여덟 시 퇴근, 열한 시 취침……. 이런 식의 생활은 누군가 흐트러뜨려 놓지 않는 한 어김없었고, 변화가 외출이나 여행도 거의 하지 않았다. 태어난 곳도 내가 알기로 이곳 암사동이었다. 그녀는 암사동 바깥으론 주소지를 옮겨본 적이 없었다. 생활에서도, 그녀는 정물처럼 살았다. 대단한 안정감의 소유자였다. 대학 때도, 그녀가 우리와 함께 강의를 듣고 함께 술 마시고 시위 현장에도 쫓아다닌다는 사실을 잘 인식하지 못하던 친구들이 있었다. 졸업한 다음에 그녀의 근황을 얘기하면, 이름도 기억 못 하는 친구들이 대다수였다. 그녀는 그저 그냥 거기 있었고, 그런 다음엔 잊혀졌다.

내가 민과의 관계를 유지하게 된 건, 대학 때 어쩌다가 그녀와 자게 되었고 그게 인연이 되어서였다. 누가 누구와 섹스를 하면 금세 소문이 났는데, 우리 경우엔 전혀 그렇지 않았다. 나는 말하지 않았고, 그렇다면 그녀도 말하지 않았다는 얘기였다. 섹스 소문은 대개 여자 쪽이 먼저 내게 마련이다. 그녀는 그런 여자였다.

"실은 불러내서 같이 영화나 보려고 했어."

"그런 거 싫어한다는 거 알잖아."

"그래. 그래서 테이프 몇 개 사 왔어."

나는 식탁에 클래식 음악 테이프를 몇 개 올려놓았다. 민은 예전 금성사 시절의, 툽상스레 생긴 스테레오로 음악을 들었다. FM 라디오가 그녀의 취미였다. 그

흔한 시디플레이어 하나 없었다.

"욕실을 고쳤어."

"그랬어?"

"타일을 새로 붙이고 욕조도 갈고, 샤워기도 갈았지."

식사를 마치고 우리는 그 새로 갈았다는 욕조에 들어가 같이 놀았다. 나는 민이 건네준 타월로 귀 뒤를 쓰라릴 정도로 문질렀다. 그녀는, 남자한테만 그러는지 여자한테도 그러는지 알 수 없었지만, 사람 귀 뒤에서 나는 냄새를 끔찍해했다. 그녀는 결코 내 귀에 입술을 대는 일이 없었다.

"가끔 네가 작사한 노래를 들어. 라디오에서."

"난 안 들어."

"그럴 줄 알았어. 사람이 염치가 있어야지."

우리는 서로의 몸을 닦아주었다. 그런 동작들은 성적인 표현들과는 거리가 먼 동작들이었다.

"결혼은 안 해?"

"네가 하면 하지."

"작년에도 그 대답이었는데."

"우리 그냥 이렇게 때나 밀어주면서 늙어버리는 게

아닐까?"

"그래도 좋지."

나는 민의 등에 바싹 가슴을 붙이곤 그녀의 귓불에
숨을 몰아쉬었다. 그녀의 귀 뒤쪽에서 나는 건 비누내
뿐이었다. 나는 곧 그녀의 귓불을 이빨 새에 물고 잘근
거리기 시작했다.

"근데 무슨 일이야?"

"꼭 일이 있어야 오나?"

"항상 그랬잖아. 오늘도 뭔가 골 때리는 일을 갖고
왔겠지. 그러곤 그걸 나한테 들어달라고 보채겠지. 틀
림없어."

"그럴지도 몰라."

나는 민의 오톨도톨 튀어나온 등뼈에 뺨을 기대곤
깜빡 잠에 빠졌다.

일어났을 때 민은 아침 식탁을 차리고 있었다. 도시
락집 같은 데서 아침밥을 시켜다 놓은 모양이었다. 내
가 몇 시에 아침을 먹는지 몰라서 미리 시켜놓았다고
했다. 나는 정해진 식사 시간, 그런 건 없다고 했다. 그
녀는 조깅을 나간다고 했다. 같이 갈 마음이 있냐고 했

다. 나는 구두뿐이라 곤란하다고 했다. 나는 욕실로 가
씻곤 아침을 먹었다.

어제저녁엔, 같이 목욕을 하곤 캔 맥주 하나씩 마시
며 내가 사 온 테이프들을 들으며 저녁 시간을 보냈다.
그러곤 민의 취침 시간에 맞춰 침대에 올라 잠을 잤다.
그뿐으로, 섹스는 없었다. 나는 침대로 돌아가 다시 잠
을 잤다. 베개에서 옅은 민트향이 났다.

눈을 떠보니 민이 정장 차림으로 서 있었다. 출근할
시간이라고 했다.

"오늘은 출근해야 해."

"그래."

"내일은 휴일이니 같이 보낼 수 있을 텐데. 내일도
있을 거야?"

나는 그렇다고 했다. 민은 오늘 마침 학부형이 몇 찾
아오기로 했다고 했다. 그 사람들한테 나를 애인이라고
보여주고 싶은데 괜찮겠냐고 했다. 나는 무슨 얘기냐고
했다. 그녀는 학부형들이 애인도 없는 이상한 노처녀
선생이라고 미더워하지 않는다고, 미심쩍어한다고 했
다. 사회생활을 하다 보니 별게 다 걸려, 하고 그녀는 말
했다. 나는 그러라고 했다. 그녀는 내게 스페어 열쇠 꾸

러미를 건넸다.

민의 아파트는 학교 졸업하고 나서 내가 처음 찾아왔을 때와 거의 달라지지 않았다. 가구가 늘어나지도 않았고, 새 가구로 바뀐 것도 거의 없었다. 냉장고, 세탁기, 텔레비전, 이런 건 때가 조금 긴 채로 내가 매년 매번 같은 자리에서 보아오던 것들이었다. 컴퓨터는 없다가 학원을 차리고 나서 필수라며 들여놓은 것이었다. 하지만 그녀가 컴퓨터를 사용하는 모습은 본 적이 없었다. 혼자 사는 여자니 옷이 많을 법도 한데 장롱도 주니어용을 쓰고 있었다.

어쩌면 그래서 내가 민을 자꾸 찾는 것인지도 몰랐다. 그녀를 떠올리면, 그녀의 집을 떠올리면, 어딘가 내가 차지해 누울 공간이 함께 떠올랐다. 그 공간이 얼마나 넓을지는 알 수 없었다. 겨우 내 한 몸 누일 넓이일 수도, 내가 조깅복 차림으로 맘껏 뛰어다녀도 될 넓이일 수도 있었다. 어쨌든, 최소한의 넓이는 항상 준비돼 있었다.

점심시간에 전화가 왔다. 내 얘기는 하지 않았다고 했다. 그냥 이대로 가지 뭐, 하고 민은 말했다. 나는 그래도 괜찮겠냐고 했고 그녀는 그렇다고 했다. 나는 어떻게 할까, 잠시 망설이다가 알았다고 했다.

"언제부터 지들이 그렇게 애들한테 관심이 있었다
고."

민은 돌아오자마자 스타킹을 벗어 쓰레기통에 던져
넣으며 중얼거렸다.

"애들 가방 속에 콘돔이 있어. 젤리도 사용한다고.
피임약을 아스피린인 줄 알아. 그런 애들을 모아놓고
피아노 앞에 앉아서 자, 오늘은 평균율을 들어봅시다,
하면 통할 것 같아?"

"무슨 얘기야? 되바라졌다는 얘기야?"

"현실적이라는 얘기야. 너무나 현실적이라고. 그 나
이에 벌써 리얼리스트들이 됐다고. 하는 생각들이 얼마
나 살벌한 줄 알아?"

민의 얘기를 들으면서 나는, 양재동 빌라의 그 예약
신인 가수를 떠올렸다. 내 가사를 제 이름으로 교내 문
학 콩쿠르에 제출했다는.

우리는 캔 맥주 몇 개를 나눠 먹곤 흐물흐물해져서
침대에 등을 기대고 얘기를 나눴다. 지난 일 년 몇 개월
동안 무엇을 했는지, 나이를 먹어간다는 게 어떤 건지,
세상이란 게 어떻게 달라져가고 그 세상 언저리 어디쯤

에서 우리는 또 어떻게 뒤처지는지. 함께 공유할 수 있는 애기는 영화나 음악, 졸업한 동기들 근황뿐이었지만 어차피 민과의 대화는 말을 많이 필요로 하지 않았다. 한마디 하고 그에 대해 숙고라도 하는 듯 몇 숨이나 뜸을 들인 다음에 겨우 한마디 논평을 다는 식이었다. 손자와는 오 분이면 끝날 애기가 그녀와는 삼십 분이 걸렸다.

"여기 너무 낡았다."

내가 천장과 벽, 방바닥의 갈라지고 주저앉은 틈들을 가리키며 말했다.

"나 같지. 하지만 아직 쓸 만해."

"이사라도 하지."

"어디로?"

"많잖아."

"글쎄, 내게 그럴 여유가 있을까."

민도 서울 출신이었다. 여기 어딘가의 아파트에서 태어났다. 나는 그래도 태어나기는 구옥에서 했다. 언젠가 우리가 가까운 사이가 되었을 때, 그녀는 자기는 공중에 들린 채로 유아기를 보낸 셈이라고 했다. 재건축이 되긴 했지만, 건너편에 있던 주공아파트 단지 사

층이 그녀의 고향집이라고 했다. 그러면서 그게 자기 인생에 틀림없이 무슨 작용인가를 했을 텐데, 잘 모르겠다고 했다. 그때 나는 우리가 결혼해서 아이를 낳을 세대가 되면, 그런 아이들이 훨씬 많아질 것이라고 했다. 지금 민이 학원에서 가르치고 있는 아이들도 그런 아이들이었다.

"아직도 기억이 나. 아침에 눈을 떠 고개를 돌리면 창밖에 쪼그맣고 네모나게 각진 유리창들이 다닥다닥 붙어 있는 게 보였지."

"그랬을 거야. 나도 매일 아침 그렇거든."

"어찌 된 일인지 그놈의 것들은 햇살이 아무리 강하게 비쳐도 반짝이질 않아. 그 유리창들이 어쩌면 내 인생 최초의 기억일지 몰라. 아무리 생각해도 어렸을 때 엄마 아빠 얼굴은 떠오르지 않거든. 모유를 먹여 길렀다는데, 엄마 젖도 기억이 안 나."

"그리고 유모차에 실려 외출이라도 하게 되면 너무 까마득해서 쳐다볼 엄두도 나지 않는 그런 건물들 숲을 통과해 나가게 되지. 좀 커서 놀이터에서 놀게 되면 흐리든 짙든 그런 건물들이 드리우는 그늘 안에서 놀게 되지. 햇살이 손등이나 이마를 태우게 되는 일은 드물어. 모래도 늘 축축하고, 냉장고에 넣었다 꺼낸 것처럼 차갑지. 내가 커서 처음 바닷가 모래를 만져보았을 때 얼마나 놀랐는지 알아? 뜨겁더라 이거야. 보송보송 말라 있고."

나는 모래가 깔리고 놀이기구가 있는 그런 놀이터가 없는 동네에서 자랐다. 하지만 민의 얘기를 이해 못할 것도 없었다. 공중에 들린 채로 유아기를 보내는 아이들. 아침에 일어나자마자 마주하게 되는 규격 유리창들, 아이들에겐 너무 까마득한 건물들, 차고 축축한 모래들, 공장에서 찍어낸 놀이기구들……. 그리고 그런 것들에서 유아기의 아이들이 갖게 되는 생애 최초의 감각들. 손끝에, 발바닥에, 시선에 닿게 되는 최초의 어떤 느낌들. 생애 최초의 실감들. 인형도 그 비슷한 얘기를 했었다. 아파트촌의 황혼은 너무 묽다는 것이었다.

"그런 느낌들, 감각들이 그 아이들 인생에 어떤 영향을 미치게 될까?"

"글쎄."

"나를 보면 될까? 내가 그렇게 자랐으니."

민은 빈 캔을 꼬깃꼬깃 구기며 얕게 숨을 몰아쉬었다. 밤 열한 시였다. 내일은 학원에 나가지 않으니 늦게

114

잠들어도 된다고 했다. 민과 나는 침대에 올라가 섹스를 했다. 그러는 중간마다 나는 농장 이야기를 했다. 그녀는 살이 좀 불어 있었다.

민은 늦잠을 잤다. 아침에 일어나 도시락집에 아침밥을 주문한 건 나였다. 그녀는 두 팔을 다리 새에 꼭 끼곤 둥글게 몸을 말고 있었다. 내가 이불을 덮어주자 실눈을 뜨곤 피곤해서 그러니 더 자야겠다고 했다. 어제 우리 과했잖아, 하고 그녀는 우물거렸다. 나는 좀 기다리다가 먼저 밥을 먹곤 밖으로 나가 산책을 했다.

아파트 주변에 울창하진 않아도 숲이 있어, 아침 공기에 습기가 많았다. 몇 분 걷지도 않았는데 얼굴과 겨드랑이가 벌써 젖어 들기 시작했다. 아파트 단지 뒤편은 농지였다. 미나리꽝, 논둑, 낱알을 달기 시작한 벼들, 전원주택풍으로 지어진 농가들, 그 너머로 보이는 야트막한 동산들. 민이 아침마다 조깅을 하는 코스였다. 여기서부터, 화물 트럭들이 굉음을 내며 질주하는 고속도로까지 달리는 것이었다.

지난밤 한 차례 섹스를 끝내곤 나는 올빼미 농장에 대해 얘기를 했다. 나 자신도 지긋지긋해서 원래 하지 않으려고 했지만 결국엔 편지까지 보여주었다. 설마 하고 주머니를 뒤져보았더니 역시나 편지 두 통이 깔끔하게 접힌 채로 들어 있었다. 거기까지 쫓아온 것이었다. 나는 편지를 민에게 보여주곤 읽어보라고 했다. 그리고 그것이 폐허밖엔 남은 게 없는 주소지에서 발송된 것이며, 나온 곳은 있어도 돌려줄 곳은 없는 편지들이라고 했다. 몇십 년 전의 농장 이름은 고성 흰배 까치 농장이었다고 하고, 지금은 편지의 내용이 맞다면 죽은 올빼미 농장이라고 했다.

민은 흥미를 보였다. 그녀는 쓰러져가고 허물어져가는 것들에 제 마음이 반응을 한다고 했다. 그런 것들이 자신을 슬프게 한다고 했다. 어떤 음악보다도, 어떤 조곡보다도 그런 것들이 더 자신의 마음을 움직인다고 했다. 그러면서 아주 조금의 잔해밖엔 남아 있지 않던 농장에 대해 자세히 물어보았다. 나는 기억나는 대로, 가능하면 세밀하게 얘기해주었다. 들샘이 그녀를 흥분시켰다. 인형과 비슷한 반응이었다. 인형도 민도 어째서 들샘에 더 큰 관심을 보이는 걸까.

민은 자기도 한번 가보고 싶다고 했다. 나는 정말이냐고 물었다. 그러자 아니, 생각만, 하고 얼버무렸다. 그러고 나서 우리는 다시 섹스를 했다.

산책에서 돌아오자 민은 헝클어진 자세로 아침을 먹고 있었다.

"나랑 어디 갈래?"

"어디?"

민은 샤워를 하곤 간편복으로 갈아입었다. 그녀는 외출 준비를 하는 데 시간을 많이 쓰지 않았다. 원체 성격이 그런 데다, 나는 데이트 상대도 아니었다. 입술을 엷게 칠하고 피부를 위해 크림 같은 것만 약간 바르는 것이 평소의 그녀였다. 그녀는 내가 안방에서 14인치 구식 텔레비전을 보고 있는 동안 작은방에 들어가 화장을 했다.

민은 나를 데리고 아파트 단지를 가로지르기 시작했다. 단지는 끝도 없이 이어졌다. 단지 하나를 지나면 다시 단지가 나왔고 그 너머에 다시 단지가 이어졌다. 우리는 느릿느릿 걸었다. 그러면서 그녀는 지나치는 건물들과 펼쳐지는 풍경들에 대해 하나하나 설명을 해주었다. 저 아파트는 지은 지 몇 년 되었고, 저 아파트는 최근에 어떤 사건이 있었고, 저 아파트는 또 재건축을 둘

러싸고 어떤 분란이 있고, 건너편 농지는 겨울이면 추
억의 야외 스케이트장으로 쓰이고, 그런데 요즘은 겨
울이 춥지 않아 얼음이 잘 얼지 않고, 저 위쪽 흰 건물은
정수장인데 군인들이 관리하고……. 그녀는 백에서 자
동카메라를 꺼내 사진을 찍었다. 걸음도 말도 멈추지
않고 셔터 버튼을 눌러댔다. 그런 식으로 이 킬로미터
쯤 걸었을 때 공원이 나왔다. 최근에 생긴 듯, 깔끔하고
세련된 느낌이 물씬 나는 공원이었다.

　우리는 공원을 가로질렀다. 육 층짜리 나지막한 아
파트 건물들이 그 너머에 있었다.

　"철거 예정인 아파트 단지야. 벌써 세대의 사분의 삼
정도는 퇴거했어. 요 한 귀퉁이에 구립 문예회관이 지
어질 거래. ……이게 이곳 아파트촌의 경계야. 처음엔
여기서부터 시작됐지. 이 동네 아파트촌의 첫 세대 중
의 하나야."

　민은 자기가 막 유모차에서 내려 걷기 시작할 무렵
지어진 아파트라고 했다. 이곳 아파트촌을 형성한 첫
단지들 중 하나라고 했다.

　"꽤 튼튼하게 지었었나 봐. 재건축 허락이 얼마 전에
야 떨어졌대. 육 층에, 당연히 엘리베이터 없고, 난방은

개별 난방이고. 몇 세대는 아직 연탄을 땔 테고. 아마 처음엔 수돗물도 들어오지 않아 지하수를 파 썼을 거야. 알지? 당시엔 여기가 서울 변두리 시골이었다고. 우리 아파트 뒤도 논이잖아."

아파트 외벽의 아이보릿빛 페인트는 오염되고 벗겨지고 있었다. 민이 말하길, 재건축 계획이 잡히면 아파트들은 더 빨리 낡는다고 했다. 귀가 달려 있어 사람 소리를 알아듣는 듯, 눈이 달려 있어 재건축 서류를 읽는 듯, 더 빨리 허물어지고 망가져간다고 했다.

"신기한 일이지? 겪어본 사람은 알아. 어젯밤엔 멀쩡했던 방구들이 오늘 아침엔 누가 어쩌지도 않았는데 주저앉아 난방 파이프를 벌겋게 드러내놓고 있는 거야. 벽에 금이 가기 시작하고 김칫독을 묻던 화단이 꺼지기도 하고. 장마철도 아닌데 방 귀퉁이에서부터 검은 곰팡이가 번지기 시작해. 그리고 개수대 하수관을 타고 평소엔 맡아본 적도 없는 악취들이 올라온다고. 그렇게 어쩔 줄을 몰라 하다 보면 어느새 퇴거 시한이 낼모레로 다가오지."

민은 아파트라는 것이 살아 있는 생물이라도 되는 양 말하고 있었다. 어떤 것은 이해할 만했다. 그리고 꼭 아파트가 아니더라도 물건이란 원래 사람이 꾸준히 손질해주지 않으면 빨리 망가지게 마련이다.

"이를테면 자살하고 있는 거야. 자기도 싫겠지. 크레인 같은 것이 와서 제 몸에 손을 대기 전에 스스로 명을 끊는 거야."

민은 아파트 단지 입구에 서서 내게 그렇게 말했다.

"너는 올빼미 농장인가 뭔가가 무슨 특별한 경우라도 되는 것처럼 말했지만, 나는 이런 걸 매일 봐. 내 생활 반경에서 늘 반복된다고. 게다가 좋아하기까지 하지. 내가 이 동네에 사는 동안 아파트들은 매일 낡아갈 것이고, 그러면 재건축은 해를 걸러 가며 있을 거고, 그럼 그만큼 내 소일거리도 끊임이 없을 거야."

민은 그러면서 나를 끌고 단지 안으로 들어갔다. 퇴거가 완료되지 않았다지만 단지는 이미 버려진 듯 인기척이 느껴지지 않았다. 건물 입구마다 쓰레기들이 더미를 이루어 쌓여 있었고, 유리창들도 깨져나간 것들이 드물지 않았다. 경비실도 비워놓은 채 열쇠로 잠가놓고 있었다. 지금은 가로수들을 치우는 작업을 하고 있었다. 길가마다 가로수들이 섰던 자국들이 흉하게 패여 있었다.

날은 구름 한 점 끼지 않은 화창한 날씨였지만 기분
은 그렇지 못했다. 약간 어지럽고, 역겹기도 했다. 내가
나날을 보내고 있는 아파트촌과 다를 바 없는 규격화
된 아파트촌이었지만, 모든 점에서 조금씩 달랐다. 내
게 익숙하고 잘 아는 아파트촌 풍경을 살짝, 그러나 완
전히 다른 성격으로 뒤틀어놓은 풍경 같았다. 이를테면
내 발밑에 놓여 있는 줄무늬 팬티가 그랬다. 방금 빨랫
줄에서 떨어진 것처럼 흙 한 점 묻지 않은 깨끗한 팬티
였다. 냉장고는 화단 무궁화나무 옆에 놓여 있었고, 가
로수의 뿌리가 박혀 있어야 할 구덩이엔 빵 포장지며
우유팩이 떨어져 있었다. 민은 구덩이에 카메라를 가까
이 대고 셔터 버튼을 계속 눌러댔다. 육 층짜리 건물들
에 촘촘히 박힌 창문들은, 무언가 중대한 것을 잃어버
린 듯이 휑하고 공허한 분위기를 자아냈다. 건물들은
무게 중심을 잃은 채 공중에 약간 떠 있는 듯 보였다. 햇
볕이 워낙 강해 더 그래 보였을 수도 있었다. 단지 전체
가, 소리만 조금 크게 나도 건조한 먼지바람을 일으키
며 들썩일 것 같았다. 민과 나는 마치 소곤거리듯 말하
고 있었다.

"철거가 시작되면 볼 만할 거야, 그치? 하지만 완전

히 밀어버렸을 때가 더 볼 만하지."

나는 그 말에 어찌 대꾸를 해야 좋을지 몰랐다. 실은 민의 말소리가 귀에 잘 들어오지 않았다. 나는 산만해져 있었고 어디에 시선을 놓아두어야 할지 몰라 점점 기분이 불쾌해져가고 있었다.

민은 나를 끌고 건물 안으로 들어갔다. 미리 보아두었다는 듯 그녀의 발걸음엔 거침이 없었다. 복도에 늘어선 현관들은 하나같이 활짝 열려 있었다. 열쇠를 그대로 꽂아둔 집도 있었다. 이젠 쓸모가 사라진 열쇠들이었다. 그녀는 그 열린 현관들을 가리키며 하나를 고르라고 했다.

평수는 열한 평, 작은 아파트였다. 방 두 개가 딱 붙어 있고, 겨우 한 사람이 서 있을 만한 좁은 부엌, 변기에 샤워기 하나가 달려 있는 화장실. 아파트 전체의 동선이 채 오 미터도 되지 않을 것 같았다. 나는 급한 대로 화장실로 가 소변을 보았다. 문짝은 민의 말처럼, 누가 일부러 그런 것 같지도 않은데 돌쩌귀 하나가 달아나 있었다. 벽 귀퉁이마다 거미줄이 치렁치렁 매달려 있었다. 벽지엔 곰팡이가 슬기 시작했고 화단에서 웃자란 잡초들이 창턱을 넘보고 있었다. 남겨놓고 간 빗자루며 상자들이며 옷걸이들이 흩어져 있었다.

"누가 여기서 조용히 목을 매도 모르겠어."

나는 벽에 걸린 시계를 바라보며 말했다.

"그럼 귀신이 돼서 저 시계 초침이 가는 것을 보며 홀로 떠돌겠지."

내가 말하는 동안 민은 다른 방에 가 있었다. 쫓아가 보니 그녀는 사진을 찍고 있었다. 찍을 만한 게 무엇이 있느냐고 하자 그녀는 이 방 전체가 그렇다고 했다. 이 방 전체, 이 아파트 전체, 이 아파트 단지 전체가 다 찍을 만하다고 했다. 무엇 하나 놓치기 싫어 이렇게 안절부절못하고 있다고 했다. 나완 달리, 그녀는 기분이 좋아 보였다. 기분이 좋다기보다는 딱히 뭐라 표현할 길이 없는 어떤 희열에 사로잡혀 있는 듯 보였다.

민은 찍을 만치 찍었다는 얼굴로 허리를 펴더니 하, 하고 숨을 길게 내쉬었다. 필름 감기는 소리가 방을 을씨년스럽게 울렸다.

"뭐야? 그 표정은?"

"제정신이 아닌 것 같아. 무섭지도 않아?"

그러자 민은 큰 소리로 웃었다.

우리는 다시 건물 밖으로 나왔다. 나는 점점 더 불쾌

해지는 기분에 표정이 굳고 몸이 굳어가고 있었다. 민은 내 얼굴이 하얗게 질렸다고 했다. 나는 아마 몸살 기운일 거라고 했다.

우리는 단지 안을 느릿느릿 걸었다. 우체국도 철시한 모양이었다. 버리고 간 듯한 서류며 사무실 집기들이 산더미처럼 쌓여 있었다. 우체국 건물을 지나자 놀이터가 나왔고, 조금 더 가자 거의 주변 아파트 건물 높이만큼 자란 나무가 한 그루 나왔다. 나는 민이 보라고 했을 때, 뭘 보라고 하는지 몰라 주위를 두리번거렸다. 그렇게 높이 자란 나무가 재건축을 코앞에 둔 유령 아파트 단지 한가운데 서 있을 줄은 짐작을 못 했기 때문이었다.

"참 기특하지? 딴 건 다 뽑아 가면서 이 나무만은 남겨두었어. 이 나무가 아파트 단지에서 맡았던 역할을 인정한다는 얘길까? 좀 더 지나봐야 알겠지만, 최악이라고 해도 자리를 좀 옮겨 심는 정도일 거야."

민은 그것이 광귤나무라고 했다. 나는 처음 보는 나무였다. 그녀도 식물도감을 찾아보고 나서 알았다고 했다. 나는 그럼 귤은 언제 열리냐고 했고, 그녀는 자기도 잘 모르겠지만 새 단지의 터가 닦일 무렵이면 뭔가 열

124

리는 걸 볼 수 있지 않겠냐고 했다.

"수령이 얼마나 될까."

"최소 삼십 년? 이 아파트 단지가 들어설 때 조경 목적으로 심었던 것 같아."

"그럼 다른 것들은?"

주변에 남아 있는 나무들은 그처럼 키가 크지도, 가지와 잎을 풍성하게 달고 있지도 않았다. 민은 다른 것들은 다 말라죽지 않았을까, 했다.

이 아파트 단지에서 본 다른 모든 것들과 마찬가지로 그 광귤나무 역시 내게 기이한 놀라움으로 다가왔다. 하지만 불쾌한 놀라움은 아니었다. 풍경에서 날씨에 어울리는 것은, 화창함에 짝을 이루며 어울리는 것은 그 나무가 거의 유일했다. 몇 발짝 떨어져서 보면, 살벌한 폐허 한가운데 진한 녹색의 기름진 대형 애드벌룬이 둥실 떠 있는 듯했다. 그리고 그 애드벌룬 수관 끝에 방금 나타난 듯한 작은 조각구름이 예쁘장한 액세서리 머리핀처럼 꽂혀 있었다.

카메라를 휘두르며 민은 도취된 표정으로, 감격에 겨운 듯한 목소리로 중얼거렸다.

"아파트 키즈한테 자연은 뭘까. 계곡? 대관령 목장?

바다? 하천? 시골 외갓집? 글쎄…… 아파트가 사라진 바로 그곳이 아닐까? 내가 내놓을 수 있는 주장은 바로 이거야. 내가 지금 찍고 있는 사진들 말이야. 재건축 현장의 폐허. 목가적인 것에 대한 향수란 것도 실은, 이미 존재하지 않게 된 것들에 대한 향수잖아. 자기가 태어나 자란 곳이 재개발로 헐렸다면, 그 비슷한 향수가 마음 한편에 자리하겠지.”

나는 너의 이처럼 활기찬 모습을 보는 것도 참 오랜만이라고 했다. 아니, 처음이 아닐까 한다고 했다. 네 들뜬 모습이 실은, 이 빈 아파트 단지보다도 더 놀랍고 낯설다고 했다. 그리고 이왕 오래 남을 사진을 찍으려면 자동카메라는 말고 전문가용으로 사라고 했다. 그녀는 그러냐며 소리 높여 웃었다.

폐허가 된 농장 앞에서 무서워 벌벌 떨던 인형이 떠올랐다. 나는 민을 보며, 그녀가 폐허에서 안식과 안정을 느끼곤 하는 사람일 거라고 생각했다. 이런 곳이 그녀만의 휴식 공간일 수도 있었다. 담이 크다는 말로는 설명이 안 되는 그녀의 표정과 행동들이었다. 나는 세상이 워낙 복잡하고 변화가 빨라 별의별 사람들이 다 나타나는 거라고 생각했다. 그러니 민 같은 사람이 세상에 있다고 해서 실눈 뜨고 볼 이유는 없는 것이었다. 찾아보면 내게도 그런 점이 있을 것이었다.

민과 나는 광귤나무가 바라보이는 놀이터 그네에 한참을 앉아 있었다. 오후 세 시에 가까운 시간이었다. 점심을 거른 것인데도 배가 고프지 않았다.

"여기 무섭지 않아? 우리 말곤 없는 것 같은데."

"무섭긴……. 아마 해가 떨어지거나 하면 혼자선 올 데가 못 되겠지. 요즘 애들이 좀 거칠잖아."

"농장이 생각났어. 여기도 거기처럼 되겠지."

"거봐. 호들갑 떨 일이 아니라니까. 그런 농장…… 바로 우리 이웃에 있어. 눈이 멀었거나 부주의해서 보지 못하는 거지."

나는 그렇다고 했다. 그러곤 오래 입을 다물었다. 민은 그네를 조금씩 흔들면서 카메라 앵글을 맞추고 있었다. 평수가 작고 단지가 꽤 크니 삼천 세대는 족히 넘을 듯했다. 사람이 살지 않는 빈집이 삼천 집이나 있고 그 빈집들에 지금 내가 둘러싸여 있다는 사실이, 새삼스레 소름 끼치게 다가왔다. 흉가들 삼천 가운데서 연필로 편지를 써 보내는 귀신이 깃든 집이 두엇쯤 있다 해도 놀라운 일은 아닐 것이었다. 민이 그랬다, 고성까지 갈

이유는 없었다고. 그냥 지하철을 타고 여기로 오면 언제든, 수시로 볼 수 있다고. 다음엔 이곳 발신자 주소로 그런 편지가 날아올지 모른다고. 자기도 내일이나 모레쯤 그런 편지를 받게 될지 모른다고. 그러니 농장 따윈 잊어버리라고 했다.

"뭔가 떠올랐어."

"뭐가?"

"자장가."

"웬 뜬딴지?"

나는 자장가에 대한 얘기를 잠깐 들려줬다. 단 두 줄만 기억에 남아 있는 자장가에 대해. 그리고 너와 함께 오늘 이 기이한 산책을 하며 두 줄쯤 더 떠올랐다고 했다.

내 어렸을 적 친구는 앵무새들을 키우며 살았네.

울타리도 지붕도 없는 이상한 집에서.

계절은 여섯 개나 되고 앵무새들은 새벽이면 세상의 잠을 깨웠네.

불을 피우면 연기는 땅속으로 사라졌고.

"그게 자장가야?"

나는 고개를 끄덕였다. 실은 노랫말을 그냥 책 읽듯 불러주기만 한 것이었다. 멜로디를 붙이려고 했지만 어찌 된 일인지 매칭이 되질 않았다. 가사와 맞물려 흥얼거려지질 않았다.

그래도 두 줄을 더 찾아낸 것은 행운이었다. 모두 몇 줄이나 될까? 나머지를 모두 찾아내려면 몇 년이나 더 걸릴까? 인형은 뭐라고 할까? 애드벌룬 너머의 하늘은 이미 빛을 잃어버리고 있었다.

나는 이제 그만 가봐야겠다고 했다. 우리는 민의 아파트로 돌아갔다.

나는 민의 뺨에 내 뺨을 대고 비비곤 입을 맞췄다. 그녀는 뺨을 비비는 건 싫어했지만 뺨에 뽀뽀를 해주는 건 좋아했다.

"어딜 보고 있는 거야? 네 시선이 이상해, 아까부터."

내가 차에 오르자 민이 말했다.

"지금 날 보고 있는 거야?"

민은 내게 어딜 보고 있는 거냐고 했다. 나는 널 보고 있다고 했다. 그녀는 그런데 그렇지 않아 보인다고 했다.

"운전 조심해."

집에 돌아가자마자 인형에게 새로 떠오른 자장가 두

줄에 관해 얘기를 해줄 셈이었다. 자장가 얘기는 그녀도 바라 마지않을 것이었다. 틀어졌던 감정도 풀 수 있고, 농장 들샘에 대한 관심도 돌릴 수 있을 것 같았다. 하지만 엘리베이터에서 내려 현관문을 열었을 때, 나는 차 속에서 계획했던 것들에 대해 할 말을 잃었다.

거실 천장에 빨갛고 노랗고 초록인 팔뚝 반만 한 앵무새들이 열댓 개가 매달려 시끄럽게 울려대고 있었다. 오르골들이었다. 원래 무슨 음악을 연주하도록 장치가 되어 있었는지 모르겠지만, 한꺼번에 울려대니 들리는 건 그저 귀를 먹먹하게 하는 날카롭고 요란한 금속성의 소음뿐이었다. 나는 이게 다 무슨 일이냐며 소리를 질렀다.

인형이 방에서 나오며 잠시만 참으라고 손사래를 했다. 소음은 금방 끝나지 않았다. 앵무새 오르골의 태엽을 얼마나 감아놨는지 담배 한 대를 다 태울 때까지도 멈추지를 않았다.

뭐야? 이게 다 어디서 났어?

아랫집에서 신고하겠다. 어쩌려고 그래?

내가 미치는 거 보고 싶어?

바락바락 소리를 질러도 인형은 만족스러운 미소를

거두지 않았다. 집을 나서기 전에 보았던 그 신경질적이고 음울한 표정은 간 데가 없었다.

나한테 사과라도 듣고 싶어?

앵무새 오르골들은 바느질실에 목을 매인 채 천장에 접착해놓은 걸쇠에 걸려 있었다. 속은 원봉이니 태엽이니 하는 기계 장치로 채워져 있겠지만, 겉은 오색 비단실로 깔끔하게 덧씌운 외양이었다. 베란다에서 들어온 햇볕을 받으면 비단실들이 한 올 한 올 선명한 무지갯빛으로 천장을 수놓았다.

사과가 아니라 사정을 알고 싶은 거야.

인터넷에서 샀어. 쉽게 찾아서 얼마나 다행인지.

나는 기가 막혀서 더 말이 나오지 않았다. 나는 욕실로 들어가며 문을 쾅 소리가 나게 닫아버렸다.

화를 냈더니 그날은 앵무새들이 울어대지 않았다. 내가 집에 있는 시간엔 틀지 않겠다는 것 같았다. 그건 무언의 협상이었다. 시끄럽게 하지 않을 테니 천장에서 떼어내지는 말자는.

나는 다음 날 아침 식탁에서야 두 줄을 새로 찾아낸 자장가 얘기를 꺼냈다. 하지만 인형의 표정을 보니 그녀도 이미 알고 있는 듯했다. 나도 그럴 거라 어렴풋이 짐작하고 있었다. 어제 현관을 열고 거실 천장의 앵무새들과 마주쳤을 때 직감했던 것이었다. 나는 내가 찾아낸 자장가 가사를 불러주었다.

이제 넉 줄이 됐어. 몇 줄이나 남았을까.

그러자 인형은 함박미소를 지으며 고개를 세차게 흔들었다.

아니, 아니. 네 줄이 아니라 여섯 줄이야. 그리고 가운데를 띄워야지.

내 어렸을 적 친구는 앵무새들을 키우며 살았네.

울타리도 지붕도 없는 이상한 집에서.

계절은 여섯 개나 되고 앵무새들은 저물녘이면 세상의 잠을 깨웠네.

불을 피우면 연기는 땅속으로 사라졌고.

해와 달은 그 친구가 모르는 곳에서 뜨고 졌네.

세상은 침을 뱉으며 앵무새들이 영원한 잠을 불러온다고 불평을 했네.

여러 차례 반복해 듣곤 인형이 제대로 짝을 맞췄다

는 것을 알았다. 세 줄씩 연을 나눠 부르게 되어 있는 것이었다. 민 앞에서 네 줄을 붙여 불렀을 때 곡조가 어긋났던 건 당연했다. 두 덩이로 자른 가사에 멜로디를 붙여 흥얼거려보니, 기억 속에 어렴풋이 남아 있는 자장가의 이미지와 대충 들어맞았다.

앵무새들은 언제 치울 거야? 글쎄. 난 좋은데? 장난감 교향곡이 듣기 싫어? 그게 장난감 교향곡이었어?

인형은 앵무새들 얘긴 자장가 가사를 다 찾아낸 다음에나 하자고 했다. 그녀는 그 우스꽝스러운 목매단 앵무새들이 기억을 끌어내주는 길잡이 역할을 할 것이라고 했다. 영수증을 보니 개당 사만 원씩이었다. 하자가 있는 것이 아니니 반품도 어렵고, 고가품이니 버리기도 아까웠다. 대충 육십만 원은 긁은 것 같았다.

내가 지금 어딜 보고 있어? 나는 민이 했던 얘기가 떠올라 인형을 똑바로 바라보며 물었다. 응? 내 어깨 너머. 거기 뭐가 있어?

인형의 얼굴에선 함박미소가 가시질 않았다. 그녀가 조잘거리다 방으로 들어간 다음 나는 거실로 나와 앉았다. 천장에 목을 매달고 있는 앵무새들을 보고 있자니 기분이 묘해졌다. 흥겹지도 슬프지도 않은, 불안하지도 안정적이지도 않은, 포만스럽지도 공허하지도 않은, 이렇지도 저렇지도 않은 어떤 감정이 가슴을 메웠다. 나는 손가락 하나를 펴 거실 바닥을 한참이나 문질렀다. 틀림없이 무언가가 복받치고 있었지만, 나는 그 정체를 알 수가 없었다. 앵무새들은 부리를 꼭 다문 채 햇볕에 비단실 깃털로 뒤덮인 제 몸을 내맡기고 있었다. 박제가 아니라 생물을 갖다 놓아도 저처럼 아름답고 다채롭고 생기 넘치는 빛깔은 뿜지 못할 것이었다. 나는 더 견딜 수 없을 때까지 그렇게 앵무새들을 올려다보며 손가락으로 바닥을 문지르고 또 문질렀다. 그리고 마침내 한계에 이르렀을 때, 자리에서 일어나 손을 뻗어 오르골의 태엽을 감고 그것들이 소리를 내게 했다. 울게 했다.

손자와 인형

　두어 번의 미팅이 더 있었고, 그사이에 내 몫의 개인
작업은 끝났다. 잔금 받는 일만 남은 셈이었다. 스튜디
오에선 녹음 작업이 한창이었다. 나는 다른 일거리를
찾고 있었다. 그러다가 김실장이 나를 불렀다. 일단 와
보라고 했다.

　녹음실엔 신인 여가수가 마이크에 코를 박고 있었
다. 여름방학이라 와서 살다시피 한다고 했다. 아이는
날 보곤 손을 흔들며 악보에 사인펜으로 '해아리'라고
크게 써 보였다. 김실장이 말하길 그게 저 아이의 스테
이지 네임이라고 했다. 무슨 뜻이냐고 했더니 아무 뜻
도 없대. 일부러 그런 단어를 지가 만들어냈대. 뉘앙스

는 팬시 같지? 애들이란…… 거참. 김실장은 골치 아프
다며 한숨을 쉬었다. 신인 가수 해아리는 의자에 앉아
척추를 꼿꼿이 세우곤, 같은 소절을 몇 번이고 반복해
부르고 있었다.

"잘될 것 같아요?"

"잘돼야지. 예감은 나쁘지 않아."

김실장은 뭔가 망설이는 표정으로 내 쪽으로 몇 번
시선을 돌렸다.

"손자가 지난주에 찾아왔었어. 그 자식 할당량을 채
우지 못해서 계약 파기했거든."

작곡 편수를 채우지 못했다고 엄살을 피우던 손자가
떠올랐다. 그게 엄살만은 아니었던 모양이었다. 나는
기일은 넘겼더라도 나중에 채워 넣은 줄 알고 있었다.

"어디에 정신을 팔고 있는지 편수도 못 채웠고, 그나
마 써 온 것들이 쓸 만한 게 하나도 없었어. 그래서 그냥
계약금 떼이는 것으로 끝내자고 했지."

김실장은 엔지니어 쪽으로 등을 돌리곤 소곤거리는
목소리로 말했다. 그랬더니 매일 휴대폰으로 전화를 해
선 울고불고 난리를 치더라고 했다. 그래서 휴대폰을
일부러 안 받았더니 집으로 전화를 하더라고 했다. 마

누라가 받으면 마누라한테 우는소리를 하고 아이들이 받으면 아이들한테 짜증을 내더라고 했다. 이거 미친년 아냐? 하고 김실장은 으르렁거렸다. 손자가 감정을 상하게 하면 김실장은 놈 대신 년 자를 붙여서 욕을 씨부리곤 했다. 나 역시 술에 취하거나 기분이 업되면 다정하게 이 년 저 년 하곤 했다. 참다못해 어제는 김실장이 전화를 했다고 했다. 그랬더니 이천만 원만 돌려달라고 하더라는 것이었다.

김실장은 어디에 쓸 거냐고 묻지도 않았다고 했다. 어차피 줄 가능성이 제로니 알 필요도 없는 것이었다. 손자 분당 집에 갔을 때 거실에 금발 머리 백인이 있었다. 손자의 새 애인이었다. 그 백인과 관련된 일인가? 교통사고라도 저질렀나? 아니면 집안일인가? 김실장은 손자를 한번 만나볼 수 있겠냐고 했다.

그러고 나서 김실장과 나, 해아리는 저녁을 먹으러 갔다. 우리는 해아리가 이끄는 대로 곱창전골집으로 들어갔다. 집에서 맵고 짠 것을 못 먹게 해서 외식을 할 땐 전골이나 찌개류를 먹는다고 했다.

해아리는 내일부터 뮤직비디오 촬영에 들어간다고 했다. 감독이 무슨 예술학교 출신인데 자기도 대학을 졸업한 다음에 거길 들어가야겠다고 했다. 아이가 재잘 거리고 있는 동안 나는 손자를 생각하고 있었다. 급전 이 필요한 일이 무엇이 있을까. 김실장도 다른 데 정신 을 팔고 있어서 해아리 말엔 그저 건성으로 고개를 끄 덕이고 있었다.

"실장님한테 아저씨가 우리 집에 왔었다는 얘기 했 어요."

나는 그러냐고 했다. 그러곤 집이 고급호텔 같을 줄 알았는데 뜻밖에 소박해서 좋았다고 덧붙였다. 그러자 해아리의 눈초리가 살짝 일그러졌다.

"아빠가 개를 사왔어요. 작은 갠데 퍼그 사촌뻘 되는 신종이래요."

새 개를 들여놨다는 얘기에 등줄기가 서늘해지고 입 맛이 싹 달아났다.

"아주 작아요. 제 팔뚝만 해요."

해아리의 눈이 반짝반짝 빛나고 있었다. 나는 욕지기 가 쏠렸다. 새 개 얘기는 계속됐다. 김실장은 해아리의 얘기에 맞장구를 쳐주고 있었다. 자기 아이들한테도 애 완동물을 돌보게 했으면 하는데 무엇이 적당할지 찾고 있다고 했다. 그 얘기를 들으니 다시 속이 울렁거렸다.

"아저씨·가사는 곡과 독립된 작품으로도 화제가 되었으면 좋겠어요."

그러면서 김실장한테 동의를 구했다. 김실장은 장담할 순 없지만 그럴 수도 있다고 했다. 물론 입에 발린 소리였다. 쇼 프로그램에 출연 기회나 얻을 수 있을까. 차트에 이름이나 올릴 수 있을까. 대체 무엇으로 이 아이의 생애 첫 좌절감을 달래줄까. 이게 프로덕션과 김실장의 솔직한 심정일 것이었다.

저녁을 먹고 헤어지고 나서 나는 손자에게 전화를 걸었다. 김실장의 설명으론 손자는 패닉 상태인 듯했다. 그렇다면 휴대폰이고 뭐고 다 꺼버리고 치워버리지 않았을까. 하지만 다행히 그가 전화를 받았다. 나는 다짜고짜 만나자고 했다. 아직 초저녁이니 분당까지 금세 갈 수 있을 거라고 했다. 손자는 지금 수원에 있으니 수원으로 오라고 했다.

수원 미군기지 근처 주택가에서 손자를 만날 수 있었다. 그는 갓을 씌운 백열등이 달린 구식 가로등 아래서 있었다. 그가 멀리서부터 손을 흔들지 않았다면 그를 알아보지 못했을 것이었다. 파마를 한 데다 연달랫

빛 블라우스를 걸치고 있었기 때문이었다. 나팔바지만 입으면 영락없이 기지촌 클럽 웨이트리스로 보였을 것이었다. 그러잖아도 오면서 한 블록 전에서 그런 클럽들을 지나쳐 온 참이었다.

"꼴좋네."

상태가 어떤지 몰라 부드럽게 차근차근 얘기를 건네보려고 했지만 뜻대로 되지 않았다.

"게이 바에라도 나가? 네가 내 친동생이었으면……."

손자는 나를 끌고 다세대 주택 골목으로 들어갔다. 분당 집을 나와 이곳으로 옮겨 왔다고 했다. 미군 애인을 따라왔다는 것이었다. 분당에서 보고 못 본 지 두 달 조금 못 되었다. 그사이에 참 많이도 변한 것이었다.

손자는 다세대 주택의 열다섯 평도 되지 않을 반지하 방에 세 들어 살고 있었다. 그나마 방 하나는 애인이 쓰고 있어, 그는 그 많던 자기 살림들을 둘 곳이 없어 사방에 쌓아놓고 있었다. 잠을 자는 방엔 침대 자리 빼놓곤 발 디딜 틈도 없었다. 키보드며 기타며 앰프며 놓을 자리가 없어 부엌 찬장 위에서 먼지를 뒤집어쓰고 있었다. 이 정도면 곡 작업이 불가능한 환경이었다. 거기에 소음과 습기도 많았다.

"네가 멍청한 거니, 그 양키가 못된 거니?"

나는 냉장고를 뒤져 생수병을 찾아 들이켜며 말했다. 손자는 잠자코 내가 진정되길 기다리다가 그냥 이렇게 됐어, 하고 중얼거렸다.

"내 선택이었어. 잘못된 건 없어."

내가 한심해서 말문을 닫고 있는 사이 손자는 여행용 가방을 뒤져 무슨 잡지 한 권을 들고 왔다. 영문 잡지였다. 메디컬 어쩌고 쓰여 있는 게 대중적인 의학잡지 같았다. 그는 접어놓았던 페이지를 펼쳐선 내게 내밀었다. 사진이 큼지막하게 박혀 있는데, 병원 수술대 장면이었다.

"그래서?"

"나, 애를 갖고 싶어."

좀 진정할 필요가 있었다. 나는 잡지를 뺏어 들곤 사진과 기사를 번갈아가며 몇 번이고 확인해봤다.

"이게 그 기사야? 남자를 애 낳을 수 있게 해준다는?"

나는 할 말을 잃었다. 짧은 영어 실력이긴 하지만 그 정도 기사는 읽을 수 있었다. 그건 자궁을 만들고 배란을 가능케 해 임신을 가능하게 해주는 수술이 아니라, 성기를 잘라낸 다음 인공적으로 여성의 질 비슷한 것을 만들어준다는 수술에 대한 기사였다. 게다가 기사 성격이 가벼운 게 아무리 봐도 가십성 같았다. 손자는 잘못 읽었거나 착란을 일으킨 것이었다.

"그런데 이게 김실장하고 무슨 상관이야?"

"돈은 프로덕션이 갖고 있잖아."

"프로덕션에 돈이 어디 있어?"

손자는 나를 상대로 우기기 시작했다. 프로덕션에 얘기를 해서 돈을 좀 얻어달라는 것이었다. 자기 신용으론 어림없으니 내가 나서 달라는 것이었다. 그러고는 김실장에 대한 불만을 터뜨렸다. 김실장이 계약을 파기하지만 않았다면 벌써 수술비용을 마련해 지금쯤 떴을 거라고 했다. 아무래도 설득이 가능한 정신 상태가 아닌 것 같았다. 손자는 자기가 이제 두어 해만 있으면 서른이고, 그때면 아이 낳는 게 어려워질 거라고 했다.

나는 손자에게, 무엇이 잘못된 건지 모르겠다고 솔직히 말했다. 그러곤 손자 너를 상대로 무엇을 어떻게 설득해야 할지 전혀 모르겠다고 했다. 나는 행운을 빈다고 덧붙였다. 그는 일어서는 내게 웃는 것도 같으면서 우는 것도 같은, 일그러진 표정을 지어 보였다. 두 가지 감정이 서로 치닫고 나오려고 그의 얼굴 피부 아래서 전쟁이라도 치르고 있는 듯했다.

민의 아파트에 다녀온 뒤로 농장은 잊고 있었다. 내 머릿속 올빼미 농장과 편지 두 통이 있던 자리엔 재건축 아파트 단지의 그 살풍경이 들어섰다. 민이 말했듯, 그 아파트 단지에 비하면 농장, 편지 그런 것들은 무시해도 충분할 것 같았다. 인형도 거실 천장에 앵무새 오르골들을 매달아 놓은 다음부턴 농장 얘긴 꺼내지도 않았다. 그리고 손자라는 새로운 골칫거리가 나타나 내 머리를 무겁게 하고 있었다. 김실장은 소식을 기다리고 있겠지만 이번 일은 알리지 않았다.

올빼미 농장을 다시 끌어낸 건 고성에서 보고 온 카바레 사장이었다. 나는 혹시 몰라 연락처를 남겨놓고 왔었다. 사장은 자기네 업소에 출연하는 가수가 나를 알더라고 했다. 그러면서 전과 달리 한결 누그러진 목소리로 농장 땅 주인을 알아봤노라고 했다. 그는 주소와 전화번호를 일러주면서 흥미가 있으면 한번 찾아가 보라고 했다.

토지주는 서울에 살고 있었다. 면목동이었다. 나는 며칠을 망설였다. 편지 건은 이대로 끝낼 수 있었다. 어차피 돌려줄 곳 없는 편지였고, 태워 날려도 상관없는

일이었다. 그래도 내 머릿속엔 남아 있겠지만, 세월이
그 나머지를 지워줄 것이었다. 나는 마지막이다, 하는
생각으로 연락을 해보았다. 주인을 찾으니 마른기침을
연신 해대는 탁한 목소리가 그럼 한번 와보라고 했다.

기왓장이 잿빛으로 바래가는 오래된 구옥이었다. 칠
십 수는 훌쩍 넘긴 듯한 반백의 노인이 툇마루에 앉아
볕을 쬐고 있었다. 반바지 차림이었다. 나는 고성 카바
레 사장 이름을 대곤 그의 소개로 왔다고 했다.

노인은 인사도 받는 둥 마는 둥 했고, 옆에 와 앉으라
는 말 다음엔 별말이 없었다. 무료해 보이는 그 노인은
나를 잠깐 잊은 듯했다. 나도 그저 앉아 있기만 했다. 마
당엔 붉은색 장식 블록이 깔려 있었다. 배수에 문제가
있는지 볕이 쟁쟁한 날인데도 장식 블록의 반이 젖어
있었다. 그 젖은 블록들 틈마다 이끼들이 검푸르게 비
집고 올라오고 있었다.

"무슨 일이라고?"

"농장요. 고성 상문리요."

나도 모르게 소리를 높이고 있었다. 노인은 이맛살
을 찌푸리며 목소리를 낮추라고 손짓을 했다. 그러곤
다시 나를 깜빡 잊은 표정으로 돌아갔고 해바라기를 계

속했다.

담 그림자가 반 뼘쯤 더 길어졌을 때 노인은 비로소
입을 열었다. 내게 알아서 새겨들으라고 했다. 기억이
가물가물해 틀린 부분이 있을 것이고 또 오락가락 말이
헛나올 수도 있다는 얘기였다. 나는 그러겠다고 했다.
노인은 농장 이름이 정확하게 뭐냐고 했다. 나는 흰배
까치 농장 아니냐고 했다. 노인은 바로 그렇다고 했다.

"무말랭이처럼 비쩍 말라서 죽었다니까. 쌀 서 말쯤
이나 됐는가 몰라."

"네?"

"사람 몸이 그리 오그라들 수도 있나?"

노인은 흠칫 놀란 표정으로 무릎을 몇 번 쳤다. 오래
잊고 있다가 느닷없이 떠오른 기억을 마주하곤 저도 모
르게 몸서리치는 모습이었다. 농촌 경험이 없어 알아듣
지 못하는 말도 있었지만 노인의 얘기는 대충 이랬다.
여자가 죽었는데, 그 체중이 쌀 서 말 무게쯤 됐다고 했
다. 서 말이면 몇 킬로냐고 묻자 이십오 킬로그램쯤 될
거라고 했다. 키까지 무말랭이처럼 오그라들어서 치마
가 이불 보자기처럼 여자를 덮어 싸고 있었다고 했다.

노인의 얘기는 사건 순서도 맞지 않았고 앞뒤가 맞

지 않는 부분도 있었다. 여자가 아이 둘과 같이 살고 있었다는 건 확실한 듯했다. 카바레 사장도 그렇게 말했다. 둘 다 사내아이였다고 했다. 남편에 대해선 소문들이 있었는데 한결같이 지저분해 말해주면 노인 자신은 입을 씻어야 하고 듣는 나는 귀를 씻어야 하니 그 얘긴 관두겠다고 했다. 다만 여자가 마을에 흘러들 때도 남자가 없었고 죽을 때도 없었다고 했다.

농장은 원래 쓸 만한 땅이 아니었는데, 소작을 얻어선 몇 해 억척을 떨더니 입에 풀칠하고 살 만큼은 갈아놓더라고 했다. 그래도 애들 국민학교 보낼 형편은 안 되었다고 했다. 그나마 농장 앞에 들샘이 있어서 다행이었다고 했다. 그렇지 않았다면 저수지가 있는 마을에서도 멀리 떨어져 있고 길도 변변찮은 그곳에서 가축들은 말라죽고 여자 식구들은 굶어 죽고 말았을 것이라고 했다. 지금도 고향의 다른 땅은 다 팔렸는데 그 농장 땅만 안 팔리고 있다고 했다.

소설이나 영화처럼, 아니면 동화책에서 읽던 옛날이야기처럼 있어야 할 것들이 다 갖춰진 그런 농장 이야기를 나는 기대하고 있었는지도 몰랐다. 노인에게서 이 끝도 없는 스무고개 퍼즐의 끝을 보게 될 거라고 기대하고 있었는지도 몰랐다. 내 기대가 어땠건, 노인이 들려준 농장 이야기는 이어 붙이기가 민망할 만큼 이가 빠지고 어지럽게 흩어진 것이었다.

여자가 젊은 나이에 머리가 하얗게 세어 마을 아이들의 놀림거리가 되곤 했다. 마을 이웃들과 거의 왕래가 없었고 명절 때나 되어서야 아이들이 과일이며 떡이며를 얻으러 마을에 나타나곤 했다. 텃세가 좀 있어서 마을엔 흰배 까치 농장을 검은배 까마귀 농장이라고 부르며 경원하는 이들이 있었다. 어느 해 기근이 크게 들자 두 아이 중 작은아이가 마을에서 양식을 훔쳐내곤 했다. 노인의 집에서도 감자 삶아놓은 것을 훔치다가 잡혔다. 갓 난 핏덩이처럼 쪼그매서 몇 살이냐고 물었더니 열두 살이라고 했다.

"여자는 어쩌다 죽었답니까?"

"마을 어른들이 쉬쉬했거든. 얼핏 듣긴 들었는데 기억이 안 나."

"그래서 어떻게 됐나요?"

"어디다 묻긴 묻었겠지. 산돼지 밥이 되게 버리기야 했겠어?"

"아이들은요?"

"글쎄."

노인은 다시 해바라기 자세로 돌아갔다. 나는 볕이 내리쬐는 마당을 멍하니 쳐다보다가 편지를 꺼냈다. 그러곤 노인에게 읽어보라고 줄까, 아니 읽어줄까 하고 한동안 고민을 했다. 무말랭이처럼 오그라들어서 죽은 여자가 내게 편지를 써서 보냈다고 하면 노인은 어떤 표정을 지을까. 그걸 믿기나 할까. 연필로 꾹꾹 눌러 쓴 편지를 아직까지도 두 아들과 주고받고 있다고 하면, 그에 대한 만족할 만한 해석을 내려줄까.

아니면 내가 장난을 치고 있다고, 아니면 못된 장난에 내가 말려든 거라고 호통을 치지는 않을까. 노인은 흠칫 놀란 기색이 채 가시지 않은 얼굴로, 살이 다 달아난 무릎을 버석버석 소리가 나게 긁고 있었다. 몇 가지 새로 알아낸 사실이 있었지만, 그래서 뭐 어쨌다는 말인가 하는 생각만 들었다. 여전히 제자리였다.

집에 돌아오니 앵무새 오르골들이 다시 굉음을 내고 있었다. 인형은 그 아래를 부산하게 뛰어다니고 있었다. 폴짝폴짝 점프를 하기도 하고 만세라도 부르듯 두 팔을 올렸다 내렸다 하며 날뛰고 있었다. 내가 이게

무슨 짓이냐며 소리를 질러도 듣지 못한 듯 돌아보지도
않았다. 나는 밖으로 나가 오르골 태엽이 다 돌아가길
기다렸다. 그리고 굉음이 그쳤을 때 다시 들어가 그녀
의 팔을 낚아챘다.

기억났어.

뭐?

자장가 말이야. 들어봐.

인형은 새로 찾아낸 구절이라며 자장가를 읊었다.

내 어렸을 적 친구는 앵무새들을 키우며 살았네.

울타리도 지붕도 없는 이상한 집에서.

계절은 여섯 개나 되고 앵무새들은 저물녘이면 세상
의 잠을 깨웠네.

불을 피우면 연기는 땅속으로 사라졌고

해와 달은 그 친구가 모르는 곳에서 뜨고 졌네.

세상은 침을 뱉으며 앵무새들이 영원한 잠을 불러온
다고 불평을 했네.

날갯짓을 하면 깃털은 산봉우리까지 날아올랐고

천지를 무지갯빛으로 수놓았네. 울면 그 소리가

다음 계절까지 이어졌고 세상의 반대편까지 비명으로 물을 들였네.

자장가 가사를 찾아냈건 말았건 화는 가라앉지 않았다. 나는 지금 당장 빌어먹을 장난감들을 떼어내자고 소리를 질렀다. 내다 버리자고 소리를 질렀다. 그래도 인형은 표정 하나 변하지 않았다. 그녀는 여전히 방방 뛰어오르고 있었다. 무언가에 단단히 도취되어 내가 하는 말 따윈 귀에 들어오지도 않는다는 태도였다. 내가 팔을 잡고 끌어내리지 않았다면 그녀는 오르골들의 태엽을 다시 감았을 것이고 그런 식으로 종일을 날뛰었을 것이었다.

들어봐. 그뿐이 아냐. 더 있어.

앵무새 일백마흔두 마리. 세어도 셀 수 없는 숫자.

누구도 셀 수 없는 숫자. 아무도 셀 수 없는 숫자.

후렴구였다. 정신이 사나워서 무작정 받아들인 것이긴 했지만 그건 후렴구였다. 나는 그것들을 벽에 붙여놓은 메모지에 이어 적어놓았다.

계속해서 반쯤 히스테리 환자처럼 지냈다. 일은 끝났건만 나는 지난 몇 달간의 일들로부터 조금도 풀려나지 않은 채였다. 손자는 연락이 없었고 그래서 더 불안했고, 김실장은 잊을 만하면 전화를 해서 신인 가수에 대한 불평을 늘어놓았다. 편지는 알아내려고 애를 쓰면 쓸수록 난센스들만 수북이 쌓여갔다. 편지 속 여자가 맞는지는 확신할 수 없지만, 그 농장의 여자는 이십오 킬로그램쯤으로 몸이 오그라들어서 죽었다. 게다가 인형의 앵무새 오르골들도 틈만 나면 울어댔다. 자장가 가사를 후렴구까지 찾아냈다는 기쁨이 그녀를 환장하게 한 것처럼 보였다. 그리고 내 머리는 갈수록 둔해졌다.

그래서 프로덕션에서 전화가 왔을 때 나는 정신이 나간 듯 잠시 멍한 채로 대꾸도 않고 있었다.

"……."

"너 이리 좀 와봐."

김실장이었다. 그는 그 말만 하고 전화를 끊었다. 밤 열 시였다. 거칠게 숨을 몰아쉬고 있긴 했지만, 평소처럼 감정 기복 없는 차분한 목소리였다. 이 시간까지 프로덕션 사무실에 남아 있는 건 드문 일이었다. 아무래도 불안해서 나는 차를 놔두고 택시를 타고 갔다.

프로덕션 사무실은 잠겨 있었다. 노크를 하자 김실장이 열어주었다. 몰골부터 심상치가 않았다. 머리는 헝클어졌고 와이셔츠는 단추가 뜯겨나가고 풀어헤쳐진 채로 땀과 혈흔 같은 것들로 흥건히 젖어 있었다. 바지도 혁대 없이 골반까지 흘러내려 와 있었다.

"고마워."

그렇게 말하는 김실장의 입에서 비린내가 훅 끼쳤다. 이빨들 새에 핏물 같은 게 말갛게 고여 있었다. 얼굴이 한 꺼풀 닦아낸 피 얼룩으로 새빨갰다. 턱이며 귀밑이며 눈두덩에, 채 닦지 못한 핏덩이가 그대로 남아 말라가고 있었다. 사무실 바닥도 난장판이었다. 입구 쪽 책상들이 뒤집혀 있었고 서류들이 사방에 흩어져 있었다. 나는 그를 따라 사무실 안쪽으로 갔다. 양복바지 뒷주머니엔 피를 닦아낸 듯 시뻘겋게 핏물이 든 타월이 꽂혀 있었다.

"저것 좀 봐."

김실장은 나를 회의실로 데려갔다. 문을 열자 택시 안에서부터 내내 내 머릿속을 괴롭히던 어떤 불안한 광경이 실재가 되어 나타났다. 손자가 김실장이나 다름없는 엉망으로 헝클어진 차림으로 회의실 의자에 앉아 있었다. 앉아 있다기보다는, 그저 흘러내리지 않도록 옷가지처럼 걸쳐놓았다는 게 더 알맞아 보였다. 하지만 손자의 얼굴은 김실장에 비하면 깨끗했다. 김실장처럼 얼굴에 핏물이 들거나 하진 않았다.

누구 피예요? 하면서 나는 돌아보았다. 하지만 물을 필요가 없었다. 김실장의 얼굴을 반으로 가르며 정수리에서부터 핏줄기가 가늘게 흘러내리고 있었다.

"음…… 좀 닦으세요."

김실장은 뒷주머니에서 타월을 꺼내 얼굴을 문질렀다.

"병원에 가서 꿰매야 하지 않아요?"

"얘 먼저 처리하고."

김실장은 다시 분통이 치미는지 씩씩거리면서 거칠게 내뱉듯 말했다. 나는 손자 상태를 좀 볼 테니 가서 씻고 오라고 했다. 김실장은 화장실로 갔다.

손자는 기절한 건지 잠이 든 건지 정신이 없었다. 표정은 막 단잠에 든 사람처럼 평온해 보였다. 파마머리가 땀과 피로 떡이 되어 있었지만 눈에 띄는 큰 상처는 없었다. 어디가 부러지거나 한 것 같지도 않았다. 코피 정도는 났을 수도 있었다. 그는 두 손은 의자 팔걸이에 가지런히 올려놓고 두 발은 꼰 채로 책상 아래로 길게 뻗고 있었다. 나는 깨우기가 겁이 나서 손도 제대로 대지 못했다.

"괜찮아 보여?"

"네. 그냥 잠들었네요."

"미친 스토커 새끼. 미친년처럼 힘은 또 얼마나 센지."

김실장 머리엔 타월이 붕대처럼 감겨 있었다. 우스꽝스럽긴 했지만 웃을 상황이 아니었다.

김실장은 앉으라고 하곤 담배를 권했다. 우리는 말없이 담배를 피웠고 그래도 할 말이 없자 다시 한 대씩 더 피웠다.

"액땜한 셈 치지. 어째 이번엔 아무 일도 없다 했어."

"싸웠어요? 애들처럼?"

김실장은 고개를 끄덕거렸다. 그러곤 내게 손자에 대해 얘기 좀 해보라고 했다. 나는 지난달에 손자를 봤던 얘기를 했다. 한 가지도 빼놓지 않고 그대로 전했다. 백인 애인에 대해서도 말했다.

"꼴에 또 백인이야? 허허. 애를 낳겠다고 했다고?"

그러곤 다시 새 담배에 불을 붙였다. 급전이 필요했던 게 외국 가서 수술할 비용이었다며 허무하다는 듯 소리 높여 웃었다. 김실장은 어찌 된 일인지 설명도 해주지 않았다. 다만 사기 필통을 꽤 아꼈는데, 그게 자기 머리를 부술 줄 누가 알았겠느냐고 했다.

"내가 올해 나이가 몇이나 됐을 것 같아?"

내가 말이 없자 김실장은 마흔일곱이라고 했다. 쉰이 낼모레라고 했다. 그러곤 예서 죽여버릴까 경찰에 넘길까 하다가 날 불렀다고 했다. 어떡하면 좋겠냐고 했다. 나는 폭행으로 경찰에 넘기는 게 사리에 맞지 않느냐고 했다. 그는 그렇다고 했다. 나는 직접 하기 뭣하면 내가 대신 해줄 수도 있다고 했다. 그러자 그는 잠깐 어쩔까 망설이는 듯하더니, 불쌍한 년이라고 한숨을 섞어 중얼거렸다.

"난 병원에 갈 거야. 얘는 네가 처리해. 여기엔 얼씬도 못 하게 해."

김실장은 손자를 일으켜 내 등에 업혀주었다. 손자는 신음을 내긴 했지만 여전히 정신을 잃은 채였다. 발걸음 떼기도 힘들 만큼 무거웠다. 김실장은 나와 손자를 택시에 태우곤 손까지 흔들어주었다. 그러고 나선

보도에 쓰러지듯 주저앉았다. 나는 좀 태우고 가다가 길가에 내버릴 생각을 했다.

누구야?

손자.

아파트에 도착할 때쯤 돼서 손자는 정신이 반쯤 돌아왔다. 신음을 내고 날 더듬기도 했다. 손이 가슴이며 팔뚝에 올라올 때마다 징그러운 생각에 욕지기가 났다. 전에는 귀여웠다. 하지만 이제는 그렇지 않았다. 그는 돌이킬 수 없는 실수를 저질렀다. 나는 그를 부축해 올라와선 현관이 열리자마자 거실 바닥에 던지듯 내려놓았다. 머리가 부딪쳐 수박 갈라지는 소리가 났는데도 그는 꼼짝도 안 했다.

인형은 입이 귀밑까지 찢어진 채 나를 기다리고 있었다. 뭔가 또 대단한 것을 기억해냈거나, 사고를 친 게 틀림없었다. 하지만 피비린내가 진동을 하는 손자를 보곤 입을 다물어버렸다.

설마 죽은 건 아니겠지?

인형은 바닥의 손자를 발끝으로 툭툭 건드려보며 물었다.

차라리 그랬으면.

피곤해?

나는 그렇다고, 그러니 비켜달라고 했다. 인형은 방으로 돌아갔다. 나는 손자 옆에 쪼그리고 앉아 주머니를 뒤졌다. 지갑도 열쇠도 하다못해 동전도 없었다. 여자 복장을 하고 나왔으니 아마 핸드백에 들어 있을 것이었다. 나는 옷을 벗겨 세탁기에 넣곤 트레이닝복을 입혔다. 팬티도 여자가 입는 까만 망사 팬티였다.

나는 수건을 적셔 와선 손자의 얼굴을 닦았다. 찬물이 이마를 적시는데도 눈꺼풀 한 번 깜빡하지 않았다. 나는 손가락을 코 밑에 대보기도 하고 귀를 가까이 가져가 보기도 했다. 그는 약하기는 하지만, 새근새근 숨을 몰아쉬고 있었다.

"기억이 안 나."

손자는 다음 날 밤에야 일어났다. 거실 바닥이 못 견디게 차갑거나 딱딱했을 것이다. 그는 냉장고까지 엉금엉금 기다시피 해서 갔다. 그러곤 캔 맥주를 찾아선 벌컥벌컥 들이마시고 물을 또 반 통이나 비웠다. 그는 방문에 기대 물끄러미 쳐다보고 있는 나를 놀라서 바라보

왔다. 나는 말없이 식탁을 차려주었고 그는 앓는 소리를 내며 의자에 앉아 허겁지겁 속을 채웠다.

"기억이 안 나. 내가 왜 형 집에 있지?"

하지만 표정을 보니 손자는 다 알고 있는 것 같았다. 다만 부끄러워서 수치스러워서 모른 척, 기억을 잃은 척하고 있을 뿐이었다. 그렇지 않다면 그토록 미안한 얼굴을 하고 있을 이유가 없었다. 나는 내일 날이 밝는 대로 병원에 가보자고 했다.

그냥 죽게 내버려둬.

인형이 옆에서 참견을 했다. 거실은 원래 제 차지였는데 남잔지 여잔지 모를 희한한 것이 팬티 바람으로 굴러 들어와서 뺏어버렸다고 불평을 했다. 오르골도 맘편히 못 튼다고 했다.

동정심을 가져봐. 며칠 있다 갈 거야.

"김실장이 뭐래?"

"이제야 실토를 하는구나. 죽여버리려다 말았대. 너, 김실장 젊었을 때 소문 못 들었어? 왜 가서 엉기는 거야?"

김실장한테 경찰에 고발하라고 해.

넌 가만 있어 봐.

"형, 어디 보고 있는 거야?"

"응? 아냐."

너 때문에 헷갈리잖아. 잠잘 시간인데 뭐 해?

자장가를 더 찾아냈어. 들어볼래?

"김실장 그거 아주 나쁜 시키야. 곡 좀 늦었다고 냉큼 계약을 파기하재잖아."

"네 잘못이야. 딴짓한 건 너였잖아."

빨리 듣지 않으면 잊어버릴지도 몰라.

적어둬. 나중에 읽게. 그럼 되잖아. 너 왜 안 들어가고 있어? 얘한테 관심 있어?

"우리 걸 강탈하는 거라고. 강탈이란 말 알지? 날강도. 의리도 없는 놈이라고."

"김실장이 너한테 지킬 의리가 뭐가 있니?"

이 사람 빨리 내보내고 우리끼리 있자. 내일 아침 차비나 줘서 보내. 우리끼리 오붓하게 지내자고.

글쎄 내일 얘기하자니까!

"형, 자꾸 어딜 보는 거야? 형, 시선이 이상해. 지금 날 보고 있는 거야?"

"너도 좀 가만있어! 왜들 지랄을 하는 거야? 왜 좀 가만히 못 있어?"

나는 화를 벌컥 내며 자리에서 일어났다.

"너는 얼른 방에 들어가서 자고, 너는 밥 빨리 먹고 샤워나 좀 해. 악취가 진동을 한다!"

다음 날 나는 손자를 데리고 병원에 갔다. 진찰을 받고 엑스레이를 찍고 별 이상이 없다는 진단을 받았다. 처방이랄 것도 없었다. 며칠 술 먹지 말고, 보기 흉하니 반창고나 사서 멍든 데 붙이라고 했다. 손자가 진찰을 받는 동안 나는 김실장에게 전화를 했다. 그는 머리를 한 다섯 바늘 꿰맸는데 괜찮다고 했다. 그는 손자 얘기는 한마디도 하지 않았다. 나도 하지 않았다. 손자는 진찰실에서 나와 가만히 나를 내려다보았다. 그러곤 얼굴을 감싸 쥐고 어깨를 들썩이며 잠시 흐느꼈다.

손자는 빨래를 했다. 세탁기가 있는 후면 베란다에 나가더니 나올 생각을 하지 않았다. 흥분이 가라앉으면서 점점 더 나와 눈을 마주치기를 겸연쩍어하고 있었다. 나는 식탁에 앉혀놓곤 차를 끓여주고, 이젠 그러지 말라고 친절한 말투로 일러주었다. 김실장은 지출에 관해선 아무 권한이 없고 제 식구 챙기기도 벅차하면서 사는 사람이라고 했다. 그리고 그만하면 우리한테 잘해

준 것이라고 했다. 하지만 손자는 거실 천장의 앵무새 오르골들처럼 어제 한 말만 되풀이했다. 김실장이 계약을 파기하지만 않았어도 자기가 이 꼴이 되지는 않았을 거라고.

나는 울화가 치밀었다. 손자도 따라서 소리를 높였다.

"너 당분간 이 집에서 한 발짝도 나가지 마. 이 새끼, 정신병원에 처넣을 수도 없고!"

"어차피 갈 데도 없어!"

그 옆에선 인형이 쉴 새 없이 투덜거리고 있었다.

난 호모가 싫어!

호모가 아냐. 딴 거야. 그리고 넌 호모가 뭔지도 잘 모르잖아!

손자는 닷새나 거실 바닥에 엉덩이를 뭉개며 지냈다. 핸드백을 잃어버렸으면서도 김실장이 무서워 프로덕션 사무실로 찾으러 갈 엄두를 못 내고 있었다. 가만 보니 수원 집으로도 연락을 하지 않는 듯했다. 백인 애인과 끝난 것일 수도 있었다. 당연히 부모님 집으로도 연락을 하지 않았다. 나 역시 지난 닷새 동안 외출도 않고 붙어 앉아 그를 설득했다. 나로선 어떻게든 그가 마음을 고쳐먹게 해야 했다. 그렇지 않으면 프로덕션은 물론이고 장차 내게도 해가 될지 몰랐다. 아파트에 불이라도 지르지 않을 거라고 어떻게 장담하겠는가.

인형은 끊임없이 불평을 늘어놓았다. 인형은 손자가 불의의 침입자라며 단단히 앙심을 품고 있었다. 인형은 지난 며칠 새 히스테리가 머리 꼭대기까지 치밀어 조만간 돌아버릴 것 같은 얼굴을 하고 있었다. 머리카락들이 말 그대로 올올이 곤두서 있었다. 손자가 자는 사이 쥐도 새도 모르게 자기가 죽여버리겠다고 공언을 했다. 표정을 보니 농담이 아니었다. 나쁘지는 않은 생각이었다. 하지만 그 뒤처리는 어찌할까. 시체는? 가당찮은 생각들이 꼬리를 물었다. 인형은 걱정 말라고, 알아서 하겠다고 했다.

죽여버릴게. 걱정 마.

인형은 으르렁거렸다.

"형, 어딜 보는 거야?"

손자가 물었다. 나는 그의 옆자리를 턱으로 가리키며, 농조로 네 옆에서 시퍼런 증오의 스파크를 튀기고 있는 두 눈이 보이지 않느냐고 했다. 그러곤 인형에게 헛소리는 그만하라고 했다. 손자는 흠칫 놀란 표정으로 고개를 돌려 제 어깨 쪽을 바라보았다.

잃어버린 자장가를 찾다

신인 가수 해아리의 시디가 나왔다고 프로덕션에서 연락이 왔다. 관심 있으면 잔금 영수증도 받아갈 겸 와서 가져가라고 했다. 나는 손자가 온 후로 외출을 전혀 하지 못했기 때문에 바람이라도 쐴 생각으로 프로덕션으로 나갔다. 손자한테는 핸드백도 찾아오고 금방 돌아올 것이니 딴생각 말라고 못을 박아두었다. 사무실엔 김실장과 다른 사무직원 하나만 남아 있었다. 휴가를 줬다고 했다. 김실장은 머리에 아직도 반창고를 붙이고 있었다. 다섯 바늘이면 큰 상처는 아닌데, 찢어지길 깊게 찢어져서 고생을 하고 있다고 했다.

"파티도 안 해요?"

"벌써 했어. 사무실 식구들이랑 방송국 사람들이랑 기자들이랑."

김실장은 섭섭하냐며 낄낄 소리 내 웃었다. 작사 작곡 파트에선 이름값깨나 나가는 친구들만 파티에 부른 듯했다.

"그런데 신문에 하나도 안 나왔지? 방송 스케줄도 없고. 라디오는 좀 탈 거야."

김실장은 그럴 줄 알았지만 그래도 실망스럽다는 듯 중얼거렸다. 애 아버지가 끝까지는 밀어줄 생각이 없는 모양이라고 했다.

"시디는 깔렸어요?"

"깔렸어, 어제."

"어제면 이제 시작이네요. 기다려봐야지. 홈페이지는 만들었어요?"

김실장은 홈페이지는 벌써 지난주에 개설했다고 했다. 그건 마케팅 쪽 일이라 자기도 아직 들어가 보지 않았다고 했다. 나는 손자 얘기를 들려주려고 했지만, 그는 조금도 관심을 보이지 않았다. 대신 직원이 손자의 안부를 물었다. 나는 괜찮은데 핸드백을 잃어버렸다고 했다. 직원은 어디론가 가더니 핸드백을 들고 왔다. 김

실장은 해아리가 콘서트 리허설 하는 데 가보지 않겠냐
고 했다. 홍보가 잘 안 될 것 같아 미리 손을 썼다고 했
다. 소극장을 빌려 콘서트를 하기로 했다는 얘기였다.
다음 주부턴데, 가창력도 있고 배짱도 있으니 잘하면
입소문이 날 수도 있다고 했다. 학예회 수준만 아니면
된다고 했다. 뮤직비디오는 찍었냐고 했더니 찍었다고
만 하고 이렇다 저렇다, 아무 말도 하지 않았다. 보겠냐
는 말도 없었다.

　나는 리허설을 보러 김실장을 따라 소극장으로 갔
다. 토요일부터 공연 시작인데, 이제 막 무대 설치가 시
작된 듯했다. 김실장은 일 잘하는 애들로 몇 수배해주
었다고 했다. 그러곤 이 공연을 끝으로 해아리한테서는
손을 뗀다고 했다.

　"콘셉트는?"

　나는 해아리를 껴안아주고 시디에 사인을 받았다.

　"타이틀곡 뮤직비디오와 똑같이 했어요."

　"네가 했어?"

　"밑그림은 제가 했죠."

　프로덕션에서 손을 떼기로 한 이유가 이런 데 있었
다.

해아리는 신문에 기사가 나오건 말건, 방송 섭외가 오건 말건 상관없다는 투였다. 실망은커녕, 신나고 즐거워 죽겠다는 표정이었다. 이럴 경우도 계산에 넣어두었다는 얘길까. 민은 요즘 아이들은 징그러울 만치 리얼리스트들이라고 했다. 리얼리스트들은 원래 집착이 없는 법이지, 하고 민은 말했었다. 그런 아이들에게는 굳이 어른이 나서 현실을 가르쳐줄 필요가 없다고.

김실장과 나는 객석에 앉아 해아리가 리허설하는 것을 지켜보았다. 음향시설도 채 갖춰놓지 않은 무대인데도 소리는 그럭저럭 났다. 머라이어 캐리의 곡, 재미 삼아 올 세인츠의 곡, 크리스티나 아퀼레라의 곡, 이문세 5집의 수록곡들, 자기 곡들을 잠깐잠깐 불렀다. 저 나이에 가창력이 놀랍다고 하자 김실장은 요즘 저 정도 목소리 못 내는 신인 가수가 어디 있냐고 했다. 다시 한 번 확언하건대, 특이한 목소리였다. 해아리의 목소리는 스피커가 놓인 곳과는 멀리 떨어진 엉뚱한 곳에서도 울리고 있었다. 마치 입이 여러 개가 있어, 무대 여기저기 매달려 노래를 부르고 있는 듯했다. 입 하나가 무대 여기저기를 재빠른 유령처럼, 내키는 대로 떠다니며 소리를 내고 있는 듯했다.

"이상한 점 못 느끼겠어요?"

나는 김실장에게 무대의 소리가 나는 곳들을 가리키면서 물었다.

"뭐가 이상해? 괜히 예민하게 굴지 말아."

나는 무대에 주홍빛 커튼을 치면 좋겠다고 생각했다. 다른 구질구질한 장치는 싹 치워버리고. 그리고 밴드는 커튼 뒤쪽에 감춰두고 해아리만 무대에 나서 공연이 끝날 때까지, 도로 표지판처럼 꼼짝 않고 노래만 부르는 것이 어떨까 하고 생각했다. 멘트도 일절 없고, 초대 손님도 없이 그저 노래만. 어쩐지 그러는 것이 해아리의 목소리와 어울릴 듯했다. 그러잖아도 소극장이라 화려하게 무엇을 어떻게 하지는 못할 것이었다. 나는 시간 가는 줄 모르고 소리가 나는 입이 여러 개 달린, 이상한 신인 가수의 리허설을 지켜보았다.

리허설이 끝나고 우리 셋은 저녁을 먹으러 갔다. 해아리는 이번 가수 데뷔가 자기에게는 일종의 인생 실험이자 장난이자 놀이라고 했다. 나는 놀이치곤 비싼 편이니 이왕이면 잘돼서 네가 브리트니 스피어스처럼 되었으면 좋겠다고 했다.

저녁을 먹다가 문득, 해아리에게 자장가를 부르게

하면 어떨까 하는 생각이 들었다. 마침 콘서트도 잡혀 있으니, 아무 곡에 가사만 얹혀 부르게 할 수도 있었다. 해아리의 목소리로 자장가를 한번 들어보고 싶었다. 이 아이의 목소리에 자장가를 얹어, 핏빛 커튼을 배경으로 해서. 밴드고 뭐고 싹 지워버린 무대에서. 하지만 해아리가 제안을 받아들일지 알 수 없었고, 자장가도 완벽한 상태가 아니었다. 인형이 몇 줄 더 적어놓았지만 끝까지는 아니었다. 자장가 가사는 다 찾아내지 못했고, 도중에 어색하게 끝나는 불완전한 형태였다.

어쨌거나 나는 해아리에게 그 얘기를 했다.

"오케이."

"그래?"

"어차피 청중은 모를 텐데. 근데 무슨 가사?"

나는 허락해줘서 고맙다고 했고, 하지만 콘서트 일정에 맞춰 완성할 수 있을지 모르겠다고 했다. 해아리는 피곤한 얼굴로 오케이, 오케이, 하고 되풀이했다.

저녁 느지막이 아파트로 돌아와 현관을 열었을 때, 나는 밖에 너무 오래 있다가 왔다는 사실을 깨달았다. 인형이 사지를 휘저으며 거실을 방방 뛰어다니고 있었다. 거실 한편에서 손자가 허리와 무릎을 납작 굽힌 채로 백 미터 달리기 자세를 하고 있었다. 앵무새 오르골들이 요란하게 울어대고 있었다.

왔어? 왔어?

인형은 미친 얼굴을 하고 있었다. 산발을 한 머리카락은 한 올 한 올 시커면 가시처럼 공중으로 뻗쳐 있었고, 짧은 팔다리는 형광등 불빛을 어지럽게 팅겨내며 사방을 휘저어대고 있었다. 인형은 그 갈기처럼 뻗친 머리를 흔들며 즐거워 죽겠다는 표정으로 왔어? 왔어? 늦을 뻔했어, 늦을 뻔했어, 하고 쩨지는 소리를 냈다. 언뜻, 그 뒤에 선 손자의 몸이 스프링처럼 휘어 낮아졌다가 앞으로 튀어나가는 것이 보였다. 아주 잠깐 동안의 일이었다. 나는 뭘 보고 있는지도 몰랐다. 손자는 쏜살같이 거실을 가로질러 베란다를 통과해선 그 너머로 사라졌다. 나는 비명을 질렀다. 그러곤 주저앉았다.

정신을 차렸을 땐 이미 아랫집에서도 비명이 터져 나오고 있었다. 나중에 안 사실이지만, 뛰어내린 손자의 발뒤꿈치가 아랫집 베란다 창을 쳐 깨버렸던 것이다. 경찰에 전화를 한 것도 아랫집이었다. 몇 분 지나지 않아 경찰 사이렌 소리가 울리기 시작했다.

왜 그랬어!

뭘?

손자 말이야!

죽고 싶다고 하잖아. 그래서 그러라고 했지.

인형은 사이렌 소리에 흥미롭다는 얼굴로 귀를 기울이며 종알거렸다.

싱크대 다리에 묶으려고 했는데 줄이 짧잖아. 원래는 그게, 그 호모 새끼 계획이었어.

손자가 목을 맨 나일론 줄 올가미는 가스 배관에 묶여 베란다를 향해 팽팽하게 잡아당겨져 있었다. 나는 방심한 틈을 타 팔을 뻗어 인형을 낚아채려고 했다. 이 참에 목을 비틀어버릴 생각이었다. 하지만 팔이고 뭐고 움직여주질 않았다. 다리는 주저앉은 자세로 굽힐 수도 뻗을 수도 없었고, 힘을 줄 수도 없었다.

"거실에서 예까지 멀리뛰기를 했군요."

경찰은 베란다에서 허리를 굽히고 아래를 내려다보며 말했다. 시신은 치웠지만 쓰러진 스피커며 나일론 줄 올가미를 비롯해서, 얼마 전의 상황을 증명해줄 다른 물건들은 그대로 둔 채였다. 경찰은 그런 것들보단 천장에 매달린 앵무새 오르골들에 더 관심을 보였다. 어디 가면 살 수 있는지까지 물어보았다.

나는 경찰에게, 현관을 열었을 때 이미 손자는 거실에서 베란다를 향해 뛰고 있었다고 했다. 붙잡을 틈도 없었고, 실은 무엇을 하려고 했는지도 눈치채지 못했다고 했다. 그러곤 한 가닥 희망을 붙잡는 심정으로, 손자가 어떤 애인지, 어떤 고민을 갖고 있었는지, 며칠 전에 프로덕션 사무실에서 무슨 일이 있었는지에 대해 길고 상세하게 설명했다. 그렇게라도 하지 않으면 귀찮고 괴로운 일을 당할 것 같았다. 인형에 대해서도 말하지 않았다. 어차피 볼 수 없을 것이고, 믿지도 않을 것이었다. 인형이 경찰에게 보이기만 한다면 인형을 고발했을 것이다.

경찰은 내 얘기에 귀를 기울이긴 했지만 수첩에 받아 적는 양은 아주 적었다. 서너 줄 끼적이곤 말았다.

"애를 낳고 싶어 했다고요."

"그게 뭐 어때서요?"

"예?"

"애 낳고 싶은 게 어때서요? 자기가 여잔 줄 알았다면서요? 여자면 대개 그러지 않나?"

경찰은 조만간 부를 테니 연락이 오면 서로 나와 달라고 했다. 김실장을 부른 후였다. 프로덕션에서의 일은 김실장에게 듣겠다고 했다.

경찰들이 모두 돌아가고 거실에 나만 홀로 남겨졌을 때가 밤 열 시였다. 거실을 치워도 된다, 안 된다 아무 언급도 없었다. 나는 팔을 뻗어 천장의 오르골들을 하나씩 하나씩 떼어냈다. 비명이라도 지를 줄 알았는데, 실 끊어지는 소리만 툭툭 가늘게 들렸다. 인형은 나타나지 않았다. 하지만 어딘가 처박혀 지켜보고 있을 게 틀림없었다. 나는 보란 듯이, 앵무새 오르골들을 상자에 넣고 구두를 꺼내 신은 다음 밟아 부수었다. 플라스틱 조각들이 상자 밖까지 튀었다. 원봉이며 태엽이며 내장이 터져 나와 구두 뒷굽에 바스러져도 그것들은 찍소리도 내지 못했다. 신음도 비명도 고함도 내지 못했다.

몇 번 경찰서를 오가는 것으로 손자의 일은 마무리되었다. 손자는 목이 부러져 죽었다. 시신은 부모가 찾아갔고 장례도 치렀다. 장례식장엔 나도 김실장도 가지 않았다. 아마 프로덕션에서 조화 정도는 보냈을 것이다. 자살이라는 데 이의를 다는 사람은 없었다. 나도 자살이라고 생각했지만 그건 누군가 부추긴 자살이었고, 또 누가 그것을 부추겼는지도 알고 있었다.

젠장. 이제 너는 나오지 못할 거야.

두 번 다시 그 입을 종알거리지 못할 것이고 베란다에 나가 있지도 못할 거야.

다시는 내 앞에 나서지 못할 거야.

나는 고성으로 갔다. 날은 화창했고 여름 날씨답지 않게 덥지도, 습도가 높지도 않았다. 바람은 산뜻했다. 누군가와 이별을 하기에 더없이 좋은 날씨였다. 중장비 대여업체에는 미리 연락을 해두었다. 내가 들샘 앞에 도착해보니 삽차가 벌써 와 기다리고 있었다.

"길이 없어서 작은 걸 갖고 왔어요."

중장비 기사가 말했다. 흔히 보는 집채만 한 삽차가 아니라, 좀 큰 자동차 정도의 미디엄 사이즈였다. 넓은 길이 없으니 그럴 수밖에 없었을 것이다. 그래도 들샘 하나 파내는 일엔 충분했다. 오전에서 오후로 막 넘어가는 시간이었다. 조각구름 몇 점이 산만하게 흩어져 있었다. 기사는 저 구름들이 이제 서너 시간만 지나면 하늘을 다 뒤엎어버릴 만한 비구름으로 커질 거라고 했다. 오늘 비 온다는 예보는 없었는데. 예보에는 없었지요. 하지만 구름이 나타났잖아요. 저렇게 생겨먹은 구름은 대개 그렇지요.

하지만 나는 특별히 다른 점을 발견할 수 없었다. 길게 옆으로 퍼져, 비행운과 좀 비슷해 보일 뿐 흔히 보는 새하얀 조각구름이었다. 크기도 손바닥으로 가려질 만큼 작았다.

"일기예보가 틀렸다는 게 아니라 한계라는 게 있어, 저런 구름이 나타날 거라는 예상까지는 못 한다는 거지요."

중장비 기사는 큰 소리로 말했다. 그러곤 일을 빨리 끝내지 않으면 진창길이 돼서 돌아가는 데 애를 먹을 거라고 했다. 삽차는 잠시도 쉬지 않고 흙삽을 놀렸다. 들샘에서 한 삽을 떠낸 다음 팔을 뒤로 돌려 가능한 멀리 부려놓았다. 기계가 워낙 소형이라 이십 센티미터쯤 파내는 데도 한 시간이 훌쩍 지나갔다. 어디서 굴러 내려왔는지 대형 트럭 엔진만 한 바윗덩이도 묻혀 있었다. 그런 것은 반으로 쪼개 밖으로 밀어냈다. 하늘은 여전히 맑고 화창했다. 기사가 걱정한 구름들도 별반 변화가 없었다. 바람에서도 전혀 습기가 느껴지지 않았다. 나는 삽차가 들샘을 파내는 동안 주변을 서성이며 약간 짠맛이 나는 바람을 실컷 들이마셨다.

"그럼 수고하세요."

나는 그렇게 말하고 농장 쪽으로 들어갔다. 흰배 까치 농장인지 빌어먹을 죽은 올빼미 농장인지 하는 곳의 폐허였다. 평소와 같았다면 나는 인형과 함께 왔을 것이었다. 틀림없었다. 인형과는 자장가에 대한 기억을 공유할 만큼 인연이 오래되었다. 그리고 인형이 내게 나타난 이후로, 나는 단 한시도 혼자였던 적이 없었다. 사람이 곁에 없을 때면 예외 없이 인형이 있곤 했다. 그만큼이나 내가 외로움을 잘 타는 아이였나? 하지만 초등학교, 중학교 시절이 지나고 외로움에 익숙해져서, 혼자서도 잘 놀 수 있게 된 다음에도 인형은 내게서 떨어질 줄 몰랐다. 그리고 지난 세월의 어느 순간부터는, 인형이 나를 더 필요로 했다.

내가 만약 너를 죽일 수 없다면 말이야…… 하고 나는 농장 빈 땅으로 발을 들여놓으며 중얼거렸다. 또 다른 누군가가 죽겠지. 손자 같은 애가 말이야. 최악엔 나일 수도 있어. 그렇지? 아니라고 어떻게 장담하겠니? 벌써 내게 싫증이 난 기색이 역력하던데 말이야.

인형은 대꾸가 없었다. 하지만 듣고는 있을 것이었다. 빈 땅은 바싹 말라붙어서, 약한 바람에도 흙먼지들이 날아올랐다. 막상 발을 들여놓고 보니 빈 땅이 전엔 어땠는지 기억이 나지 않았다. 변한 것이 있는지 없는지, 달라진 게 있는지 없는지, 심지어는 이곳이 내가 전에 인형과 함께 와봤던 곳인지 아닌지도 잘 알 수가 없었다. 물론 등골이 서늘해지거나 하진 않았다. 삽차가 내는 울먹임 같은 소음이 내 등뒤를 지켜주고 있으니까. 나는 전에 봐두었던 플라스틱 세숫대야 조각을 찾고 나서야 겨우 확신을 했다.

한 시간이나 빈 땅과 주변 숲을 돌아다녔지만 소득이 없긴 마찬가지였다. 그곳이 십 년 전, 이십 년 전, 삼십 년 전에는 무엇이었는지 증명해줄 무엇도 발견되지 않았다. 어쩌면 너무 짧게 돌아다녔는지도 모른다. 발굴 작업이라도 하듯 텐트를 쳐놓고 인부들과 함께 며칠이고 땅을 헤집는다면, 흰배 까치 농장이라고 적힌 썩어가는 나무 현판이라도 발견할 수 있지 않을까. 하지만 겨우 편지 두 통의 근원을 찾기 위해 그런다는 건 어리석은 일이다.

흰배 까치 농장이건 죽은 올빼미 농장이건 빈 땅이 한때나마 농장이었다고 증명해주는 건 읍사무소에 있는 지적도와 등기부 등본, 토지대장 따위뿐이었다. 그런 서류들에 적힌 주소들뿐이었다. 만질 수 있고 볼 수 있고 맘에 따라선 변형도 시킬 수 있는 실체인 이 빈 땅은, 정작 무엇도 가르쳐주고 있지 않았다. 먼 길을 온 내게 정작 가르쳐주고 있는 건, 지금 보고 있는 것이 다라는 사실뿐이었다. 지금 보고 있는 것 외의 다른 것은 볼 수도 만질 수도, 존재하지도 않는다는 사실뿐이었다. 빈 땅 외의 다른 것은 존재하지 않는다는.

들샘으로 돌아갔을 때는 세 시가 넘어 있었다. 들샘은 이제 일 미터쯤 파 내려간 상태였다. 나는 무엇이 좀 나왔느냐고 물었다. 삽차 기사는 뭘 기대하냐고 되물었다. 나는 아직 모르겠다고 했다.

"물이 다시 솟을 가능성이 있을까요?"

"글쎄요, 그런 걸 기대한다면 굴착기를 불렀어야 하지 않나?"

"하지만 흙이 푹 젖었는데요."

지금 파내고 있는 흙은 물기가 많아 진흙이나 마찬가지였다. 흙삽에서 시뻘건 흙물이 줄줄 흘러내리고 있었다. 처음 파낸 흙들과는 빛깔부터가 달랐다.

"다시 나올 것도 같고. 근데 샘은 파서 뭘 하게요? 근처에 농사지을 땅도 없는데."

"누구한테 선물로 주려고요. 물 나온 걸 선물로 보여주려고요."

기사는 알 듯 모를 듯하다는 표정으로 고개를 갸웃거렸다. 레버가 움직이는 각도가 커지고 있었다. 들샘 구덩이가 깊어지고 있다는 얘기였다. 나는 열대여섯 발자국 이상으론 접근하지 않고 있었다. 더 가까이 갔다간 무슨 끔찍한 것을 보게 될지 몰라서였다.

하늘은 기사의 말처럼 당장 비라도 쏟을 듯 어두워져 있었다. 한 시간쯤 전부터 흐릿해지기 시작하더니 어느 순간 고개를 들어보니, 아까 봤던 그 조각구름들은 간데없고 사위가 잿빛 비구름들이었다. 그레도 아직은 빗방울이 떨어지거나 하진 않고 있었다. 장마철도 지났으니 와도 크게 오지는 않을 것이었다. 기사는 두 시간 후면 이 근처가 다 진창으로 변할 거라고 경고 비슷한 말을 했다. 그 전에 일을 끝냈으면 좋겠다고 했다. 뭘 찾는지는 모르겠지만 밑도 끝도 없이 파내고 있을 수만은 없지 않겠냐고 했다. 들샘은 이제 일 미터 오십 센티미터까지 깊어져 있었다.

"어디까지 파야 합니까?"

"물은 안 나오나요?"

"거참. 샘을 파려면 굴착기를 부르셨어야지."

나는 조금만 더 해보자고 했다. 네 시가 넘고 있었다. 그리고 흙삽이 몇 번 더 오간 후에, 삽차 기사가 물이 나온다고 소리쳤다.

그제야 나는 들샘에 가까이 갔다. 파놓고 보니 생각보다 넓었다. 나는 물이 나온다면 콸콸 소리를 내며 솟아나올 줄 상상하고 있었다. 그렇지는 않았다. 물은 시뻘건 진흙탕을 만들며 들샘의 바닥을 느릿느릿 채우고 있었다. 속도가 상당히 느려서, 흙벽이 핏빛으로 젖어드는 것을 봐야 물이 차오르는 것이 겨우 느껴질 정도였다. 흙탕물이 파다 말아 굴곡진 바닥을 완전히 메우는 데에도 몇 분이나 걸렸다.

"어쩝니까?"

"어쩌실래요?"

"비도 올 것 같은데, 사장님, 그만 끝내죠."

나는 그러시라고 했다. 기사는 삽차를 타고 같이 가자고 했다. 나는 일이 좀 남아 있다고 했다. 이제 때가 다 된 것이다.

기사가 간 다음에도 나는 한참이나 들샘 앞에 서 있었다. 차오르는 물을 보고 있자니 시간이 흐르는 속도도 한참이나 느려진 것 같은 기분이 들었다. 이런 식이라면 제대로 된 저수 기능을 할 수 있게 되는 데 한 달쯤은 걸릴 것 같았다. 바람은 차가웠고 습기를 품고 있었다. 그리고 점점 세지고 있었다. 누군가 말을 건네는 것처럼 숲에서 잎과 가지들이 바람에 쏠리는 소리가 났다. 점점 더 빠르게, 점점 더 거칠게 말을 걸어오고 있었다. 고함과 욕지거리로 변할 순간이 멀지 않은 듯했다.

나는 내가 무엇을 어찌해야 하는지 알고 있었다. 손자가 죽고 나서 곰곰 따져보던 일들이었다. 나는 흙탕물이 오분의 일쯤 차올랐을 때 어깨에서 배낭을 내려 인형을 꺼냈다. 내가 아직 걸음마도 채 익히기 전부터 나와 한 베개를 쓰던, 한 베개에서 머리를 나란히 하고 함께 자고 웃고 울던 인형이었다.

내가 없으면 자장가도 못 찾을 텐데?

이런 식으로 끝낼 순 없잖아?

그렇잖아? 마음을 고쳐먹어.

시끄러.

날 버리면 엄마한테 이를 거야.

아빠한테도 이르고. 형한테도 이를 거야. 형은 무섭지?

시끄러워. 이젠 제발 그 입 좀 닥쳐줘.

자장가는?

자장가는?

상관없어.

나는 가능한 한 팔을 길게 뻗어 잘 조준한 다음 흙탕물의 정중앙을 향해 인형을 던졌다. 인형은 날아가는 그 순간에조차 자장가는? 자장가는? 하고 새된 소리로 물었다. 서른이 넘은 사내에게 자장가가 무슨 소용이란 말인가? 인형은 짧은 포물선을 그리며 잠시 공중에 머물렀다가 흙탕물에 떨어졌다. 헝겊처럼 가벼운 몸이라 물보라가 일지도 소리가 나지도 않았다. 잠시 물결에 따라 흔들리다가 물을 많이 먹은 머리 쪽부터 가라앉기 시작했다. 인형이 내는 소리인지 숲을 지나는 바람이 내는 소리인지 알 수 없는 어떤 소리들, 고함 같은, 비명 같은, 욕지거리 같은 어떤 소리들이 귓전을 가득 울렸다. 이마에 차가운 것들이 떨어지고 있었다. 빗방울이 이처럼 차갑다는 건 여름이 지나가고 새 계절이 오고 있다는 뜻이었다.

나는 인형을 향해 작별인사를 했다. 인형은 이제 발목만 남았다.

네가 들샘을 좋아하기에 여기에 묻어주는 거야. 선물이지. 옥수수밭을 가꾸든 흰 소 떼를 방목하든 네 맘대로 해.

원래는 가위로 싹둑싹둑 잘라서 버리려고 했어.

다시 한 번 뭔지 알 수 없는, 뜻을 알 수 없는 커다랗고 음울한 어떤 소리가 귓전을 때렸다.

나는 바지 주머니에서 깔끔하게 둘로 접은 편지를 꺼냈다. 이곳을 발신지로 해서 내게 온 편지 두 통이었다. 나는 그것들도 어떻게 처리해야 할지 알고 있었다. 나는 지포 라이터를 꺼냈고 편지에 불을 붙였다. 그러곤 반쯤 타 들어갈 때까지 들고 있다가 들샘을 향해 재빠르게 재를 튕겨 날렸다.

그리고 나는 다시, 빗방울이 굵어져 참지 못하게 될 때까지 한참 그 자리에 계속 서 있었다. 인형은 완전히 가라앉았고 편지의 재도 사라져 보이지 않았다. 가버려야 할 것들은 이제 다 가버렸다. 그래도 나는 계속 서 있었다. 나는 정확히 알 순 없지만 그래도 어렴풋 짐작은 하고 있던 어떤 것을 기다리고 있었다. 그 어떤 것이 시뻘건 흙탕물에서 떠오르기를 기다리고 있었다.

나는 망설임과 괴로움 속에서 그것을 지켜보고 있었

다. 그것은 물이 들샘 바닥을 헤집으면서 서서히 드러나기 시작해, 수면으로 그 끝자락을 보여주며 둥실 떠올랐다. 수십 년이나 땅에 묻혀 썩으며 속이 다 허물어진 뼛조각이었다. 정강이뼈인지, 팔뚝뼈인지 어떤 뼈인지는 알 수 없었다. 어쩌면 사람의 뼈가 아닌지도 몰랐다. 들개 뼈일 수도, 송아지 뼈일 수도 있었다. 뼈가 아닐 수도 있었다. 그저 플라스틱 조각일 수도 있었다. 내가 말할 수 있는 분명한 사실은, 수면 위로 뭔가 둥실 떠오를 것이라는 내 예상이 옳았다는 것뿐이었다. 이 빈 땅이 증명해주고 있는 유일한 사실이, 이곳을 주소지로 한 농장이 언젠가 있었다는 것뿐이듯이 말이다. 뼛조각도 이 농장, 이 농장을 둘러싼 해괴한 이야기들이 그런 것처럼 불분명한, 모호한, 흐트러진 퍼즐의 한 조각 같은 정체를 지니고 있을 것이다.

"당신들에게 무슨 일이 있었는지 제가 알 수가 없군요."

나는 누구에게랄 것도 없이 그렇게 말을 걸고 있었다.

"마을 사람들이 당신들에게 무슨 짓을 했는지 알 수가 없어요."

나는 차츰 내 마음이 편안해지는 것을 느꼈다.

"하지만 이제 편지는 그만 썼으면 좋겠어요."

"들샘도 다시 나오기 시작했으니 편지는 그만 쓰셨으면 좋겠어요."

"제가 괴롭잖아요. ……부디 이 들샘이 마르지 않길."

나는 라이터까지 들샘에 던져 넣었다. 그러곤 그 앞에서 손을 털었고, 배낭으로 머리를 가리곤 마을을 향해 달렸다.

나는 이메일로 해아리에게 자장가의 가사를 보냈다. 답장이 왔는데 약속대로 공연 때 부르겠다고 했다. 공연이 잘 되든 안 되든 그건 네가 신경 쓸 문제가 아니었다. 그렇지만 자장가가 누군가의 입에서, 특히 노래를 부를 줄 아는 사람의 입에서 불리는 것을 보고 싶었다. 꼭 보고 싶었다. 이번 기회를 놓치면 또 언제 기회가 올지 알 수 없었다. 자장가를 다시 잃어버릴 수도, 흥미를 잃어버릴 수도 있었다.

나는 소극장 앞에서 민을 만났다. 그녀는 학원을 일찍 끝내고 허겁지겁 달려왔노라고 불평을 늘어놓았다. 대학로에는 근 오 년 만에 와본 것이라고 했다. 그녀는 대학 때 기분을 내고 싶다고 했다. 그래서 우리는 공원까지 내려가서 팝콘과 콜라를 샀다. 그러곤 우리가 아직 이십 대 초반이었을 때 불콰해진 얼굴로 비틀거리며 돌아다니던 술집들에 대해서 얘기를 했다. 구십 년대가 벌써 아득하게 멀어진 추억의 시절이 된 듯했다. 괜히 취한 척하고 아픈 척하고, 괜히 배고픈 척하고 분노한 척하던 그때. 그리 척들까지 어쩌면 그렇게도 한결같았던지. 수백 수천 개 아파트 창문들처럼 어쩌면 그렇게도 규격품 같고, 왜 그렇게도 기성품 같던지.

예상했던 대로 청중은 해아리 또래의 여자아이들이 대부분이었다. 아마 학교 친구, 교회 친구들을 단체로 부른 모양이었다. 성인석이 따로 없었기 때문에 민과 나는 아이들 틈에 끼어 앉아 그 재잘거리는 수다들을 하나도 놓치지 않고 즐길 수 있었다. 어두워 잘 보이진 않았지만 기자들, 다른 음악인들, 앨범 제작에 참여했던 사람들도 좀 와 있는 듯했다.

"내가 지금 어디를 보고 있어?"

나는 민을 바라보며 침착하게 가라앉은 목소리로 물었다.

"나."

민은 그렇게 말했다.

"확실해? 너와 지금, 눈을 맞추고 있니?"

내가 다시 묻자, 민은 겁에 질린 표정을 하곤 내 어깨를 두드렸다.

"뭐야? 왜 그래. 무섭잖아. 무슨 장난이야!"

나는 아니 됐어, 하곤 팝콘을 한입 가득 물고 소리 나게 씹었다.

무대는 침실로 꾸며져 있었다. 원목 받침대에 천개가 달린 대형 침대가 무대 오른편에 놓여 있었다. 공연은 그 침대에서부터 시작되었다. 해아리는 첫 곡의 전주에 맞춰 침대에서 몸을 일으켰고 침대 위에서 첫 곡을 미쳤다. 의상도 잠옷이었다. 밴드는 무대가 좁아 무대 뒤쪽으로 집어넣었고 연주하는 것을 볼 수 있도록 침실용 커튼을 쳐두었다. 어렴풋한 실루엣이 조명을 따라 드러났다 사라졌다 했다. 연기는 어설펐지만, 무대 미술과 음악만은 데뷔 무대라는 핸디캡을 잊게 할 만큼 착실히 준비된 것이었다. 어쩌면 나만 그리 느꼈는지도 몰랐다. 해아리는 침실을 짧은 보폭으로 돌아다니며 앉았다 누웠다 섰다 하며 노래들을 이어나갔다. 소파가, 침대가, 다탁이, 장난감 집이, 책장이, 외롭게 무대에 홀로 나선 그녀의 지지대가 되어주었다. 공연은 노래와 연주, 음악만으로 이어졌다. 그녀는 청중에게 인사도 하지 않았고 곡 소개도 하지 않았다. 그녀는 말은 하지 않았다. 노래만 불렀다. 그리고 노래는 곡이 끝날 때마다 잠시 숨을 돌렸지만 연주는 쉬지 않았다. 연주 자체가 무대 소품이라는 듯 한순간도 그치지 않고 쉴 새 없이 무대 뒤쪽에서 울려 나왔다. 믹싱 편곡을 해서 후주와 전주를 잇고 길게 늘인 것이었다.

그래서 객석은 산만할 틈이 없었다. 한 곡이 끝나면 그에 대한 감상을 옆자리 친구와 정리할 막간이 필요한 법인데 그게 없기 때문이었다. 당연히 박수라든가 하는 것도 없이 객석은 시종 조용했다.

나는 자장가가 막 시작되었을 때 민의 손등을 쳤다.

내 어렸을 적 친구는 앵무새들을 키우며 살았네.

울타리도 지붕도 없는 이상한 집에서.

계절은 여섯 개나 되고 앵무새들은 저물녘이면 세상의 잠을 깨웠네.

불을 피우면 연기는 땅속으로 사라졌고

해와 달은 그 친구가 모르는 곳에서 뜨고 졌네.

세상은 침을 뱉으며 앵무새들이 영원한 잠을 불러온
다고 불평을 했네.

날갯짓을 하면 깃털은 산봉우리까지 날아올랐고
천지를 무지갯빛으로 수놓았네. 울면 그 소리가
다음 계절까지 이어졌고 세상의 반대편까지 비명으
로 물을 들였네.
앵무새 일백마흔두 마리. 아무리 세어도 셀 수 없는
숫자.
누구도 셀 수 없는 숫자. 아무도 아무리 세어도 셀 수
없는 숫자.

자장가가 시작되었을 때 해아리는 내게 눈짓을 해
보였다. 배경은 멘델스존 같은 어떤 클래식 편곡이었
다. 자장가를 위해 특별히 편곡했다는 생각은 할 수 없
었지만, 해아리의 배려가 있었던 건 틀림없었다.
해아리는 배경 음악에 맞춰 자장가를 읊조리듯 불렀
다. 따로 멜로디를 가르쳐주지 않았기 때문에 그럴 수
밖엔 없었을 것이다. 나는 눈을 가늘게 뜨고, 시선을 흐
릿하게 하곤, 귀를 활짝 열어 자장가를 읊조리는 그녀

의 입이 몇 개나 무대를 떠도는지 세었다. 일백마흔두 개. 아무리 세어도 셀 수 없는 숫자. 누구도 셀 수 없는 숫자. 아무도 아무리……

내 어렸을 적 친구는 앵무새들을 키우며 살았네.

아무도 그 친구를 돌보지 않았네.

망가진 구식 라디오 하나. 지린내 나는 이불 한 채. 차 게 식은 부뚜막.

계절이 바뀔 때마다 라디오에선 다른 소식이 들렸고

낮과 밤이 바뀔 때마다 이불에선 다른 꽃과

향기가 폈네. 바람이 불어올 때마다 부뚜막 빈 솥은 소리를 내며 끓었네.

세상은 앵무새들이 영원한 잠을 불러온다고

불평을 했네. 친구는 앵무새들에게 말을 가르치려고 했고 과일을

물어오는 훈련을 시키려고 기를 썼네. 공책에 앵무새 들의 숫자를 적으려고.

앵무새 일백마흔두 마리. 아무리 세어도 셀 수 없는

숫자.

누구도 셀 수 없는 숫자. 아무도 아무리 세어도 셀 수
없는 숫자.

내 어렸을 적 친구는 가만 놔두라고 소리를 질렀네.
계절이

여섯 개나 되고 연기가 땅속으로 사라지는 그 집에서.

세상이 곧 울타리고 세상이 곧 지붕인 이상한 집에서.

친구가 소리를 지를 때마다 해와 달은 모르는 곳에서

허물어져갔네. 계절은 깨어졌고 연기는 땅속에

커다란 구멍을 냈네. 낮과 밤은 부서져 가루처럼 떨
어져 내리고.

앵무새들이 말을 하고 과일을 물어와 친구의 곳간을

채우기

시작했을 때 공책에 숫자가 빼곡히 적혔을 때

세상은 영원히 잠에 잠겼네. 친구는 죽었고. 영원한
잠에 세상은 잠겼네.

앵무새 일백마흔두 마리. 아무리 세어도 셀 수 없는

숫자.

　누구도 셀 수 없는 숫자. 아무도 아무리 세어도 셀 수 없는 숫자.

　자장가는 거기서 끝났다. 새로 덧붙인 구절들은 인형이 남겨준 것이었다. 소개말이 없었으니 청중은 그게 자장가인 줄도 모르고 들었을 것이었다. 나는 해아리가 읊조리기를 그치고 침대로 돌아갈 때, 객석에서 몸을 낮추고 가만가만 박수를 쳤다.

　찾아낸 자장가는 그게 다였지만, 나는 결코 그 끝을 알지 못했다. 그게 마지막 연인지, 다른 연이 더 이어지는지 알지 못했다. 그리고 노랫말에 나오는 것처럼, 셀 수 없는 앵무새의 숫자처럼, 나는 그 뜻도 채 다 이해하지 못했다.

　옆 좌석의 민 역시, 그게 얼마 전 그녀를 찾아갔을 때 들려준 자장가인 줄 기억 못 할 것이었다. 그저 오늘 들은 레퍼토리 중 하나로만 여길 것이었다. 그러곤 곧 잊어버리겠지. 아니면 기껏해야 강렬했다거나 흐릿했다거나 하는 감상 정도만 어렴풋이 남겨둘 것이었다. 하긴, 나도 그렇지 않은가. 왜 찾아야 하는지도 모르면서 자장가를 찾았고 왜 부르게 해야 하는지도 모르면서 해아리에게 부르게 했다.

콘서트는 끝났다. 두 시간이 조금 못 걸렸다. 그만한 시간을 노래만으로 채운 해아리가 새삼 놀라웠다. 나는 무대 뒤로 쫓아갔다. 부탁을 들어준 것에 대해 감사하기 위해서였다. 그렇지만 그녀의 친구들로 복도부터 발딛을 틈이 없었다. 나는 큰 소리로 이름을 외친 다음 팔을 뻗어 흔들었다.

소극장을 나온 민과 나는 우리가 대학을 다닐 때 동아리에서 단체로 잘 가던 버섯진골 감자탕집을 찾았다. 아직 장사를 하고 있었다. 가정집의 뒷방을 터서 만든 감자탕집이었는데 그동안 용케 헐리지 않고 남아 있었다. 온돌방의 온기가 인상적인 집이었다. 버섯전골 감자탕의 맛은 잊어버렸어도 엉덩이를 달구던 그 온기만은 민도 나도 잊지 않고 있었다.

"그게 자장가였어."

"응?"

"완전한 버전인지 아닌지는 모르겠어. 언젠가는 알게 되겠지."

192

민은 무슨 얘기냐는 표정을 지었다.

"자장가라고. 전에 너희 집에 갔을 때도 들려줬잖아. 놀이터 그네에서."

나는 자장가의 앞 구절을 불러주었다.

"아, 그거……. 기억나. 그런데 뭐?"

"아까 가수가 그 자장가를 불렀잖아."

그러자 민은 아리송하다는 투로 언제? 하고 되물었다.

"졸았니?"

"응. 좀 존 것 같기도 해."

나는 응, 그래, 졸았구나, 하고 말꼬리를 흐렸다. 그러곤 막 끓기 시작한 감자탕을 접시에 덜었다. 민은 특히 감자를 좋아했다. 나는 버섯을 좋아했다. 둘 다 돼지 등뼈 삶은 것은 좋아하지 않았다.

버섯전골 감자탕집을 나와선 맥주집으로 갔다. 역시 우리가 즐겨 찾던 곳이었다. 실내장식도 주인도 바뀌어 있었지만 예전 기분을 내는 건 우리의 몫이었다. 우리는 전처럼 신발을 벗고 이 층으로 올라가 한시도 쉬지 않고 소곤거리며, 주인이 가달라고 우는소리를 할 때까지 맥주를 마셨다.

"이제 어디로 가지?"

우리는 두 시가 넘어 거리로 나왔다. 찝찔한 맛에, 쉰 음식 쓰레기 냄새가 나는 바람이 우리의 뜨거운 빰을 쓸고 지나갔다.

"갈 데가 있어? 집 아니면 여관이지."

민이 그렇게 자명한 것을 왜 묻느냐는 투로 말했다.

"집에 가는 택시비나 여관비나 비슷해. 어떡할래?"

"여관에 들어가도 어차피 피곤해서 섹스는 못 할 텐데."

나는 그럼 여기서 깨끗이 손 털고 각자 제집에 가버리자고 했다.

"무슨 일 있으면 전화하고."

"그래. 놀러 와."

"결혼은 안 할 거니?"

"너는?"

"글쎄, 이젠 할 수 있을 것 같기도 해."

우리는 각자 택시를 타고 돌아갔다. 나는 택시 뒷좌석에 몸을 묻곤, 이 택시가 나를 태우고 영원히 달려주었으면…… 하고 생각했다. 단 한 순간도 멈추지 말고.

죽은 올빼미 농장

© 백민석, 2017, 2003

초판 1쇄   2003년 9월 25일
개정판 1쇄 2017년 5월 25일

지은이 / 백민석
펴낸이 / 박진숙
펴낸곳 / 작가정신
편집 / 김종숙 김나리
디자인 / 주영훈
마케팅 / 김미숙
디지털콘텐츠 / 김영란
관리 / 윤선미
인쇄 및 제본 / 한영문화사

주소 (10881) 경기도 파주시 문발로 207
대표전화 031-955-6230 팩스 031-944-2858
이메일 editor@jakka.co.kr 블로그 blog.naver.com/jakkapub
출판등록 제406-2012-000021호

ISBN 979-11-6026-045-8 03810

이 도서의 국립중앙도서관 출판시도서목록(CIP)은 서지정보유통지원시스템 홈페이지(http://seoji.nl.go.kr)와
국가자료공동목록시스템(http://www.nl.go.kr/kolisnet)에서 이용하실 수 있습니다.
(CIP제어번호 : CIP2017010150)